ज्वाला और जल

ज्वाला और जल

हरिशंकर परसाई

वाणी प्रकाशन ग्रुप
भारतीय ज्ञानपीठ
वाणी प्रकाशन : भारतीय ज्ञानपीठ की पुस्तकों के एकमात्र प्रकाशक एवं वितरक

पेपरबैक पाँचवाँ संस्करण : 2016
पेपरबैक छठा संस्करण : 2024

लोकोदय ग्रन्थमाला : ग्रन्थांक 707

प्रकाशक
वाणी प्रकाशन ग्रुप
4695, 21-ए, दरियागंज, नयी दिल्ली-110 002
फ़ोन : 011-23273167, 23275710
ईमेल : sales@vaniprakashan.in

ISBN : 978-93-5775-235-0 (N)
978-93-263-5067-9 (O)

ज्वाला और जल
(लघु-उपन्यास)
हरिशंकर परसाई

JWALA AUR JAL
(Novelette)
by Harishankar Parsai

मुद्रक : आर. टेक ऑफ़सेट प्रिंटर्स, दिल्ली-110 032

Price : INR. 125

ज्वाला और जल

अब्दुल...नहीं...नहीं...विनोद–

लेकिन विनोद भी कैसे? न अब्दुल, न विनोद–उसे न अब्दुल नाम से याद कर सकता हूँ न विनोद से। हाँ, यह है कि वह अब्दुल था, पर उतना ही सही यह भी है कि वह विनोद भी था। लेकिन न वह केवल अब्दुल था, न विनोद। ब्रह्मा के तीन मुख और शंकर के पाँच मुखों की कल्पना इसीलिए की गयी मालूम होती है कि एक ही व्यक्ति में एक से अधिक व्यक्तित्व समाये रहते हैं। वह कभी उनमें से एक होता है, कभी दूसरा। जिस आदमी की कहानी कह रहा हूँ, उसकी प्रतिमा अगर बने तो उसके दो मुख हों–अब्दुल और विनोद। गर्दन ऐंठकर चलने वाला, बात ही बात में तमाचा जड़ देने वाला, उद्धत, झगड़ैल, गुण्डा–अब्दुल। और सन्ताप से त्रस्त, पीड़ा से क्षत-विक्षत, ग्लानि से गलित, टूटा हुआ, भू-नत–विनोद ।

उसकी कल्पना ही विरोधों की कल्पना है।

बहुत योग किये ज़िन्दगी की राह पर। कई साथ चले; कई हाथ में हाथ डाल साथ चल रहे हैं। कई ऐसे भी, जो अचानक किसी पगडण्डी से आ मिले और फिर न जाने कब किसी पगडण्डी से चुपचाप चल दिये। मैं पुकारूँ तब तक वे किसी झुरमुट में विलीन!

हम थोड़ी देर आवाज़ लगाकर, आसपास निगाह डाल चल देते हैं–हमें तो खो जाना नहीं है, हमें तो राजमार्ग छोड़ना नहीं है। पर कुछ ऐसे होते हैं, राजमार्ग की चिकनाहट जिनके पाँवों को पसन्द नहीं होती। वे ऊबड़-खाबड़ में भटकते हैं, घायल होते हैं, गिरते हैं, लहूलुहान होते हैं और राह पर रक्त के अंक उछालते चलते हैं।

वह इसी तरह एकाएक किसी पगडण्डी से आकर मिल गया था। कुछ दूर साथ चला और फिर खिसक गया। मैं तो उसी असंख्य पैरों से कुचले, घिसे-पिटे चिकने राजमार्ग पर चल रहा हूँ। वकालत पहले करता था, अब भी करता हूँ। पहले तीन बच्चे थे, अब पाँच हैं। हर साल दीवाली पर घर की पुताई कराता था, अब भी कराता हूँ। हर साल पितरों का श्राद्ध करता था, अब भी करता हूँ। वही मकान, वही मुहल्ला, वही शहर; वे ही रास्ते। घर, कचहरी, क्लब! चोरी, जालसाजी, मारपीट, लेन-देन, बेदख़ली, कुर्की वही मुक़दमे।

वह साथ था, तो ज़िन्दगी में एक अजब तनाव था; अब सब ओर शैथिल्य। उसे मित्र ही कहा जा सकता है, यद्यपि पहले उससे मुझे घृणा ही हुई थी; फिर उससे भय भी लगा; फिर वह मेरा छोटा भाई हो गया और अन्त में एक शिशु की तरह उसने अपने जीवन को मेरे सुपुर्द कर दिया।

मन में एक चमक छोड़कर वह चला गया। अनेक की भीड़ में वह एक मुझे अभी याद है।

बहुत पहले की बात है। एक दिन शाम को मैं माँ और पत्नी को लेकर सिनेमा गया था। याद नहीं कौन सी 'फ़िल्म' थी। 'सपरिवार

देखने योग्य'–का मार्का लगाये कोई फ़िल्म रही होगी, तभी माँ और पत्नी दोनों गयी थीं। मैं मजबूरी में गया था। 'सपरिवार देखने योग्य' फ़िल्म के रूप में जिसका प्रचार किया जाये उस फ़िल्म को, और 'सपरिवार के पढ़ने योग्य' लेबिल कवर पर धारण कर रही पत्रिका को, मैं कभी पसन्द नहीं करता। उस फ़िल्म में वही होगा–सुन्दरी की मोटर से नायक का घायल होना और फिर प्रेम हो जाना। यह सफ़ेद झूठ। पन्द्रह-बीस सालों से तो मैं ख़ुद भीड़-भरी सड़कों पर सुन्दरियों की सभी सवारियों को कुचलने का आमन्त्रण देता काफ़ी बदहवास हो चुका हूँ। पर मोटर तो क्या, किसी रिक्शे से भी यह अकिंचन नहीं टकराया। और पारिवारिक पत्रिका में 'प्याज़ का हलुवा' बनाने की विधि लिखी होगी, जो मेरी पत्नी को सम्पादक और लेखिका से कहीं अधिक अच्छी आती है।

ख़ैर फ़िल्म कोई भी रही हो, मुसीबत वही थी–टिकिट मिलने की अड़चन। नया चित्र और पहला शो। अपार भीड़। टिकिट-घरों की खिड़कियाँ तक तो दिखती नहीं थीं; टिकिट कहाँ से लेता। थर्ड क्लास बन्द था, सेकिंड क्लास का पता नहीं था; फ़र्स्ट और स्पशेल के सामने भी धक्का-मुक्की हो रही थी। बालकनी के लायक़ पैसे मेरे पास नहीं थे। मैं फ़र्स्ट या स्पेशल क्लास का इन्तज़ाम करके चला था।

सिनेमा की टिकिट ख़रीदना एक अलग क़िस्म का शौर्य है। सिकन्दर ने भले ही दिग्विजय की हो, मगर हमारे किसी टाकीज में वह टिकिट नहीं ख़रीद सकता।

मैं दूर खड़ा था। तैरना न जानने वाला जिस तरह किनारे पर खड़े-खड़े तरंगों की अठखेलियाँ देखता रहता है। मेरे जैसे कई लोग वहाँ खड़े थे–हम लोगों में से कई उसी तरह तरंगों को देखते ज़िन्दगी गुज़ार देते हैं। कूद पड़ने की हिम्मत नहीं, इसलिए कूद पड़ने को हम गँवारी और हल्कापन कहकर मुँह बिचकाते रहते हैं।

संसार का सबसे कठिन काम उस समय मुझे टिकिट ख़रीदना लग रहा था। अगर जनक सीता का स्वयंवर इस ज़माने में करते तो शिव के धनुष को उठाने के बदले वे यही घोषणा करते कि जो पहले शो की पाँच टिकिट ख़रीदकर ले आएगा, उससे विवाह कर देंगे।

कुछ लड़के उस भीड़ में घुसकर इकट्ठे टिकिट ख़रीद लाते और हम जैसों को दुगनी क़ीमत पर बेचते। लोग उसी दाम पर ख़रीदकर जा भी रहे थे।

मैंने पत्नी से कहा, "चलो, लौट चलें। फिर कभी देखेंगे। अभी तो महीनों चलेगा।"

पत्नी ने बड़े अनमने भाव से गर्दन हिलायी। माँ तो कुछ बोली ही नहीं।

उन लोगों का निराश होना स्वाभाविक था। बड़ी दूर रहने के कारण हम लोग बहुत कम आ पाते थे। ताँगा किराया ही तीन रुपये लग जाता था। आज माँ और पत्नी बड़ी हविस से आयी थीं। दोपहर से ही खाना बनने लगा था, शाम तक सब काम निबट गया था। अड़ोस-पड़ोस में ख़बर फैल गयी थी या फैला दी गयी थी कि आज वर्मा जी का सारा परिवार सिनेमा जा रहा है। अब लौटतीं तो मुहल्ले

की स्त्रियाँ क्या कहतीं ? कल किसी ने पूछ ही लिया कि कैसी फ़िल्म थी, तो क्या जवाब देंगी?

मैंने लौटने की बात दुहरायी तो माँ ने कहा, "अरे बेटा, अब न जाने कब आना होता है। कोई तेरी पहिचान का यहाँ नहीं है?"

मैंने कहा, "*भीतर अगर जाता तो* पहिचानवाले बहुत *मिल जाते। पर भीड़ इतनी है कि* पहिचानवाले भी इसी मुसीबत में *होंगे*।"

इसी समय एक बीस-बाईस *साल का* अच्छा तगड़ा लड़का वहाँ से *चिल्लाता* हुआ निकला, "सिर्फ तीन बची हैं–स्पेशल क्लास! सवा रुपये की दो रुपये में!"

मैंने उससे कहा, "ए भाई, दो रुपया तो बहुत होता है। डेढ़-डेढ़ लेना हो तो तीनों दे जाओ।"

वह बोला, "बाबू जी, जान हथेली पर रखकर जाना पड़ता है। चपेट में आ गये, कि मरे ! डेढ़ में तो सुबह तक नहीं मिलेगी। थोड़ी देर बाद ढाई होंगे।"

माँ को इतनी दूर आकर लौटना ज़्यादा अखर रहा था। पर उन्हें मेरे जेब का कोई अन्दाज़ भी नहीं था। वे बोल उठीं, "बेटा, तू तो ले ले। इतनी दूर से आये हैं। अब लौटना अच्छा नहीं।"

मैंने स्पष्ट बात कह दी, "पैसे लाया हूँ हिसाब के। फिर ताँगे में कम पड़ेंगे।"

माँ ने कहा, "अरे, तो धीरे-धीरे घूमते हुए पैदल ही निकल चलेंगे। ठण्डी तो रात है। है ही कितनी दूर।"

वह लड़का माँ की बात बड़े ध्यान से सुन रहा था। माँ की अन्तिम लाचारी की बात सुनकर वह बोला, "अच्छा, अच्छा अम्मा, देख लो। जो देना हो, दे देना! काहे को लौटती हो!"

मैंने हिसाब लगाकर कहा, "भई, डेढ़ से ज़्यादा न देंगे।" वह बोला, "अरे मुझे नहीं चाहिए डेढ़-वेढ़। तीन टिकटों में नहीं कमाया तो क्या हुआ। लाओ तीन टिकटों के पौने चार। हाँ, हटाओ; एक धन्धा बिना मुनाफ़े का ही सही।"

टिकट ख़रीदे। माँ ने प्रसन्नता से उसे आशीर्वाद भी दे दिया– "बेटा, तेरी बड़ी उमर हो।"

इंटर–वल में वह चाय बेचता हम लोगों की तरफ़ आया। हमारे पास आकर बोला, "बाबू जी, कुछ चाय-वाय?" सिनेमा की रद्दी चाय पीने की किसी की इच्छा नहीं थी। मैंने मना कर दिया और सहज ही पूछा, "तुम यहाँ चाय भी बेचते हो?"

वह बोला, "नहीं जी, मेरा एक दोस्त बेचता है। आज वह बीमार है, तो मैं उसका काम कर देता हूँ। दोस्त के काम न आये, तो दोस्ती कैसी?"

वह आगे बढ़ गया।

पत्नी ने कहा, "इस लड़के को कुछ दे दो।"

मैंने हाथ में एक रुपया लिया और उसे पुकारा।

वह पास आकर बोला, "कितने कप *बाबू?*"

मैंने कहा, "नहीं, चाय नहीं चाहिए; *रक्खो*।" मैंने रुपया उसकी ओर बढ़ाया।

"क्यों?" उसने पूछा।

"यों ही।" मैंने कहा।

वह बड़ी बेरुख़ी से बोला, "वाह, खैरात बाँटते हो क्या, बाबू साहब? मैं कोई भिखमंगा हूँ क्या? ऐसे रईस मैंने बहुत देखे हैं। अपना रुपया रख लो। मैंने उन माँ जी की परेशानी देखकर टिकटें दी थीं। आप मेरे ऊपर एकदम अहसान ही करने लगे!"

आहत–सम्मान मैं सहमकर रह गया। बड़ी बदतमीज़ी से बात की उसने। पर परिवार–विशेषकर स्त्रियों के साथ बैठा आदमी हर एक की सुन लेगा।

पत्नी ने कहा, "जाने दो। बड़ा गँवार है।"

लड़का घूमता हुआ बढ़ रहा था। एकाएक वह मुड़ा और पास आकर बड़ी नरमी से बोला, "बाबू जी, माफ़ करना। मेरी आदत ज़रा साफ़ बात करने की है। मुझे आपसे कुछ नहीं चाहिए। थोड़ी ख़िदमत मैंने ही माँ की कर दी, तो क्या हुआ। जैसी आपकी माँ, वैसी मेरी माँ।"

पानवाले लड़के को उसने पुकारा, "ए लच्छू, इधर आ बे! तीन पान दे इधर। पैसे मुझसे बाहर ले लेना।"

पान हमने ले लिये और वह चाय की आवाज़ लगाता चला गया।

बीस-बाईस साल का तगड़ा तरुण था वह। अच्छा कद्दावर और पुष्ट-सुगठित। नाक-नक़्शा अच्छा सुडौल। ज़बान और चाल दोनों में ऐंठ। चेहरे पर बड़ी बेपरवाही और ढीठपन। बड़े मद से चलता था। बातचीत में बड़ी हेकड़ी मालूम होती थी।

कभी-कभी वह मुझे सड़क पर मिल जाता, तो सलाम करके पूछता, "बाबू साहब मज़े में हैं? और अम्मा?..."

अजब वेश-भूषा में अजब स्थानों में वह मिल जाता। कभी साफ़ कुरता–पायजामा पहने मिल जाता; कभी पतलून-कोट; कभी मैली बनयाइन पहने ही घूमता दिखता और कभी मलमल के महीन कुरते के नीचे काली बनियाइन पहिने और तेल से तर बालों पर हरा या पीला रूमाल बाँधे–बिलकुल शोहदा! मुझे देखते ही दुआ–सलाम ज़रूर करता और वे दो सवाल पूछता। कभी-कभी मैं सहम भी जाता।

शरीफ़ दोस्तों से बातें कर रहा हूँ और इतने में वह हरा रूमाल लपेटे आ गया। बड़ी आत्मीयता से हालचाल पूछने लगा। उसके चले जाने पर दोस्त पूछते, "इसे कब से जानते हो?" उनका मतलब यह होता कि इसे जानना मेरे लिए कलंक की बात है।

हमने यह तय कर रखा है कि हम किसे जानें और किसे नहीं जानें। मुझे मित्रों का इस तरह पूछना भी अच्छा नहीं लगता था। घूस के धन से बेटे का नाम ले दुकान खोलकर एक-दो साल जेल काट आने वाले सफ़ेदपोश के पास खड़ा होता, तो कोई नहीं पूछता कि इसे कब से जानते हो। मगर मलमल के कुरते के भीतर से झाँकती

काली बनियाइन! और इन तर बालों पर यह हरा रूमाल! इससे जान-पहचान रखने में भी बदनामी है।

पतलून के भीतर नंगे हम सब, किसी का पायजामा ज़रा खिसका देख किस क़दर हँसते हैं।

मैंने उससे जान-बूझकर पहचान नहीं बढ़ायी। परिवारवाला आदमी था। हमें एक निश्चित दायरे में घूमना पड़ता है। पर उस लड़के की निर्भयता और अलमस्ती मेरी 'रोमांटिक' कल्पना को बड़ी भाती थी। मैंने भी कुछ समय इसी स्वच्छन्दता से गुज़ारा था। बचपन से अखाड़े जाने लगा था। कुश्ती का बड़ा शौक़ था। शक्ति के साथ शक्ति की आजमाइश की भावना भी आयी थी और मैं झगड़ा-फ़साद, मारपीट में अक्सर शामिल रहता। लॉ कालेज से एक बार मारपीट के कारण निकाला भी गया था। फिर गृहस्थी हो गयी। इस शहर में वकालत आरम्भ कर दी। वकालत के पेशे में भी मैंने अपने डील-डौल का समुचित उपयोग किया था। गवाह के कटघरे पर बाँह रखकर, मैं आँखें निकालकर, कर्कश स्वर में, गवाह के सिर पर से दहाड़ता, तो वह बेचारा घबड़ा जाता। फ़ौजदारी मुक़दमों के लिए मैं अच्छा वकील माना जाता था। पर अब धीरे-धीरे स्वभाव समतल होता जाता था। अब मुझे देखकर कोई यह नहीं कह सकता कि मैंने कभी गुण्डागिरी भी की होगी। फिर भी ऐसे किसी युवक को देखता, तो मेरा मन छटपटा उठता था।

एक दिन लगभग आधी रात को किसी ने मेरे द्वार की साँकल खटखटायी। दरवाज़ा खोला, तो सामने उसी युवक को खड़ा पाया। उसके चेहरे पर बड़ी कठोरता थी। कपाल की नसें उभरी हुई थीं और

मुट्ठियाँ कसी हुईं। बड़ी बदहवास स्थिति में था वह। मैं देखकर ज़रा सहम गया।

इस तरह सहमना भी हमारा एक गहरा संस्कार है। हम लोग आशंका से घिरे रहते हैं। कोई हमारे घर की ओर देखता है तो हम समझते हैं कि इसका इरादा चोरी करने को है। कोई अनायास हमसे पहचान निकाल ले तो हम समझते हैं कि कुछ माँगना चाहता है। हमारे बच्चे को कोई प्यार से पुचकारे तो हम डरते हैं कि कहीं जादू-टोना न कर दे। आसपास आशंका और सन्देह के कँटीले तारों की बाड़ी लगाकर, हम उसमें बाल-बच्चों को लेकर दुबके बैठे रहते हैं। आधी रात को कोई द्वार खटखटाये तो हम उसके इरादे पर शक करने लगते हैं। मुझे आशंका हुई कि यह तंग करके कुछ लेने आया है। मेरी निगाह उसके कुरते के छोर पर पड़ी। वहाँ ताज़ा ख़ून के धब्बे थे। मेरा क़ानून-भीरु मन चिन्तित हुआ।

मैंने पूछा, "क्यों? क्या बात है?"

उसने कहा, "मुझे दस रुपये चाहिए।"

कुछ इस अधिकार से बोला, जैसे कोई सेठ अपने मुनीम से तिजोड़ी से रुपये निकालकर देने को कहता हो।

मैंने कहा, "इतनी रात को रुपयों की क्या ज़रूरत है?" वह बोला, "ज़रूरत है, तभी तो आया। पुलिसवाले को देना है।"

"क्यों?"

"इसलिए कि मैंने एक आदमी का सिर फोड़ दिया। उसे दस रुपये नहीं सुँघाऊँगा, तो वह साला मुझे कोतवाली ले जायेगा। चोट तो मामूली है, पर मेरे कुरते पर दाग़ तो पड़ गये हैं।"

"तुमने उसे क्यों मारा?"

मेरी बातचीत के सिलसिले से वह ताड़ गया होगा कि मैं रुपये दे दूँगा। इसलिए धीरज से बतलाने लगा–"वह मेरा दोस्त ही है। मिल में काम करता है। साले को शराब पीने की लत लग गयी है। ख़ैर, भाई पी–तेरा पैसा है। तू चाहे ज़हर पी। पर कम्बख़्त रात को आकर औरत को पीटता है। उस बेचारी ने क्या बिगाड़ा है? इस हरामख़ोर को सबेरे धुँधलके में खाना पकाकर देती है, रात को खाना बनाकर बैठी रहती है। और यह बदमाश पीकर आता है और बेचारी को पीटता है। मैंने बहुत समझाया, पर वह नहीं माना तो आज मैंने उसे मारा। अब बेटा, कभी नहीं गड़बड़ करेगा। इतने में एक पुलिसवाला आ गया और मुझे कोतवाली ले जाने लगा। मैं समझ गया कि कुत्ते को रोटी चाहिए। मैं जानता हूँ इन्हें। एक टुकड़ा फेंक दो, तो दुम हिलाने लगते हैं। मैं उसे बैठने को कह आया हूँ। जल्दी रुपया दीजिए।"

मैंने ग़ौर से उसकी ओर देखा। उसके कान के पास से ख़ून बह रहा था। मैंने कहा, "तुम्हारे कान के पास भी तो चोट लगी है।"

वह हँसकर बोला, "यह तो उसी औरत ने नाख़ून से नोच दिया है। तो उसी के लिए लड़ा और उसने मुझे ही नोच दिया। ये औरत ज़ात भी बड़ी *अजीब* होती है।"

“पर तुम दूसरे के मामले में दख़ल क्यों देते हो?" मैंने पूछा।

वह बड़ी व्यंगपूर्ण हँसी हँसा। कहने लगा, “वाह बाबू साहब, आप भी क्या बात करते हैं। कोई आदमी बेकसूर अपनी औरत को पीटे, तो आप दूसरे का मामला समझकर पीठ फेर लेंगे ! आप फेर सकते हैं, क्योंकि आप शरीफ़ हैं। शराफ़त और दब्बूपन में कोई ख़ास फ़र्क़ नहीं है। मैं तो बर्दाश्त नहीं कर सकता। ख़ैर, लाइए दस रुपये दीजिए। परसों लौटा दूँगा।”

मैं वैसा ही खड़ा रहा। मेरे संकोच को वह ताड़ गया। बोला, “वायदा करता हूँ कि परसों वापस कर जाऊँगा। रुपये आपके पास हैं, और मुझे चाहिए। मैं आपसे अर्ज कर रहा हूँ। वरना पैसे लेने के दूसरे तरीक़े भी मेरे पास हैं।" उसकी भौंहें तन गयीं। मैं समझ गया कि किन तरीक़ों की ओर उसका संकेत है।

मैंने ज़रा रोष से कहा, "उन तरीक़ों से तो तुम मुझसे नहीं ले सकते। मैं तुम्हें उठाकर अभी नाली में फेंक दूँगा। पर मैं रुपये तुम्हें देता हूँ। वापस करने की ज़रूरत नहीं है।"

वह मेरी ओर चकित दृष्टि से देखने लगा। मेरे हाथ-पैरों को बड़े ग़ौर से देखने लगा, कि मेरी धमकी में कुछ दम भी है या नहीं। उसकी आँखों में फिर बड़ी प्रशंसा का भाव आया। मैंने भीतर से दस का नोट लाकर उसके हाथ पर रख दिया। वह प्रसन्नता से बोला, “बड़ी मेहरबानी है। परसों शाम को वापस कर जाऊँगा। मेरे पास वक़्त नहीं है; वरना नाली में फेंकने की बात का फ़ैसला अभी हो जाता। अच्छा, फिर किसी दिन।”

वह फुर्ती से मुड़ा और चल दिया।

आम गुण्डों से वह भिन्न लगा। उसकी बातों में बड़ी समझदारी थी। जब उसने कहा कि परसों पैसे लौटा जाऊँगा, तब ऐसा स्पष्ट अनुभव हुआ कि वह सच बोल रहा है। दस रुपये जाने का मुझे विशेष दु:ख नहीं था। चिन्ता यही थी कि वह बार-बार आकर माँग पेश न करने लगे।

सुबह मैंने माँ से कहा, "वह तुम्हारा सिनेमावाला पुत्र रात को मुझसे दस रुपये ले गया।"

"कौन?" माँ ने पूछा।

"*वहीं, जिसने उस* दिन टिकिट दिये थे। *याद नहीं आया क्या?* वह तो तुम्हारा *बड़ा गुणगान करता था।"*

"*अच्छा,* वह लड़का? तूने क्यों दिये?"

"*वह बात* ही ऐसी करता था कि तुम भी मना नहीं करतीं। वह कल लौटा जायेगा।

तीसरे दिन शाम को वह आया। दस का नोट देते हुए बोला, "यह लीजिए। आपने परसों मुझे बचा लिया। आपका अहसान कभी नहीं भूलूँगा।"

मैं कुछ कहने की रस्म अदा करूँ, इसके पहले ही वह बोल उठा, "कोई काम हो तो बतलाइए। फ़ौरन करूँगा।"

उसके नेत्रों में बड़ी कुटिलता और शरारत आ गयी। मैंने पूछा, "क्या काम कर सकते हो तुम?"

वह बेझिझक बोला, "मुझे एक-दो काम तो आते ही हैं–जैसे सिनेमा में टिकिट ख़रीदना। और बीच बाज़ार किसी को भी जूते मार देना। यह दूसरा काम बहुत कम लोगों को आता है। अगर ज़्यादा लोगों को आने लगे, तो दुनिया की हालत सुधर जाये। अगर किसी को पिटवाना हो, तो मुझे इशारा कर देना, मैं उसकी मरम्मत कर दूँगा।"

मैंने कहा, "मुझे तुम्हारी ऐसी मदद की ज़रूरत नहीं है।"

"क्यों ? क्या आपका कोई दुश्मन नहीं है? "

"नहीं।"

वह खिलखिलाकर हँस पड़ा। बोला, "तब तो आप बिलकुल बेकार आदमी हैं। जिसका दुश्मन न हो, वह भी कोई आदमी है? भगवान तक के तो दुश्मन होते हैं। शैतान ही ख़ुदा का दुश्मन था। और आप कहते हैं कि आपका कोई दुश्मन ही नहीं है।"

मैंने कहा, "मैं कोई ऐसा काम ही नहीं करता कि कोई मेरा दुश्मन हो।"

वह अजब तर्क करने लगा, "याने आप भले आदमी हैं। तब तो आपके दुश्मन ज़रूर होना चाहिए। दूसरे लोग इसलिए आपसे नाराज़ होंगे कि आप अच्छे काम करते हैं। बहुत लोगों की निगाह में यह भी कुसूर होता है। गांधी जी तो बड़े अच्छे थे। मगर, वे दुश्मन

की गोली से मारे गये। और बड़े-बड़े बदमाश मामूली मौत मरते हैं, बीमारी से। बताइए किसके दुश्मन ज़्यादा हुए गांधी जी के या बदमाश के? आपके दुश्मन ज़रूर होंगे।"

मैंने बात को टाला, "होने दो। मैं उनकी परवाह नहीं करता। मुझे किसी का बुरा नहीं करना।"

इस बात पर वह बड़े ज़ोर से हँसा। कहने लगा, "याने *आप माफ़* कर देते हैं। वह तो झूठमूठ *आपको परेशान करता है और आप* खुलकर बदला नहीं लेते? *इसलिए कि* आप शरीफ़ हैं। आप लोग...कमज़ोर हैं और ऊपर से *यह दिखाते हैं* कि आप दुश्मनों को माफ़ *कर देते हैं*। मगर आपकी दुश्मनी ज़िन्दगी *भर रहती* है। आप ज़िन्दगी भर उस आदमी से नफ़रत करते रहते हैं। हमारी बात दूसरी है। हम उसी वक़्त दो हाथ लगाकर मामला ख़त्म कर देते हैं। फिर साथ बैठकर बीड़ी पीने लगते हैं। आप अपने दिल के खाते में नफ़रत को लिख लेते हैं, उस आदमी के नाम। वह हिसाब सूद-दर-सूद बढ़ता जाता है। कभी उसे दाँव-पेंच से धूल में मिलाने की कोशिश करते हैं। पर हम हैं कि फ़ौरन ले-देकर हिसाब चुकता कर लेते हैं।"

बुद्धि उसकी बड़ी तीव्र मालूम हुई। इस छोटी उम्र में भी उसने ज़िन्दगी काफ़ी देखी थी। बिना अनुभव के कोई ऐसी पते की बातें नहीं कर सकता। सच्चाई की पकड़ भी उसमें थी। उसकी बातचीत, चाल-ढाल और अंग-संचालन में कुछ ऐसा आत्मविश्वास और सत्ता का भाव था, मानो वह सबको बहुतहीन समझता है और सब पर राज

करने का उसे हक़ मिला है। जो चीज़ उसे चाहिए, उसे झपट लेना अपना अधिकार समझता है।

मैंने पूछा, "तुम्हारा नाम क्या है?"

एक खटके के साथ उसने जवाब दिया, अब्दुल गफूर।"

"कहाँ के रहने वाले हो?"

"यह तो मैं ख़ुद ही भूल जाना चाहता हूँ। आप क्या

करेंगे जानकर?"

"यहाँ कहाँ रहते हो?"

"कोई ठिकाना नहीं।"

"काम क्या करते हो?"

"काम तो बहुतेरे करता हूँ। उस दिन आपको टिकिट बेचते मिल गया था। पैसे लेकर पीट भी देता हूँ। इस काम में भी सिर्फ़ इज़्ज़त को नुक़सान पहुँचाता हूँ, शरीर को नहीं। ज़्यादा चोट किसी को नहीं लगी आज तक।"

"यह तो बहुत ग़लत है। जिसने तुम्हारा कुछ नहीं बिगाड़ा, उसे तुम बेसबब मारते हो!"

"सही और ग़लत का फ़ैसला तो आप ही करें–आप वकील हैं। इस दुनिया में ग़लत काम कौन नहीं करता ?

एक आदमी आपके पास चोरी करके आता है और आपको फ़ीस देता है तो आप उसे ईमानदार साबित करने के लिए अपनी

सारी अकल लगा देते हैं। हम सभी एक जैसे हैं। मेरी बात खुल गयी है, आपकी मुँदी है। इसलिए मैं बुरा और आप अच्छे। कुल इतना तो फ़र्क़ है, अच्छे और बुरे में—खुले और मुँदे का। वैसे आप 100 रुपये देने वाले को बचाते हैं और 50 रुपये वाले की परवाह नहीं करते, *वैसे ही* मैं भी जो ज़्यादा पैसा दे, उसकी *ओर से* पीट देता हूँ। फ़र्ज़ कीजिए—एक ने 26 रुपये दिये; और जिसे पीटना है, उसने 50 रुपये दे दिये, तो मैं उस 26 रुपये वाले को ही पीट दूँगा, पर रुपये वापस कर दूँगा। अपना कोई दुश्मन नहीं है; अपन तो मज़दूर हैं।" यह सब वह बड़े निःसंकोच भाव से कह रहा था, जैसे बच्चा अपने खेल के बारे में कहता हो। उसे न भय था, न संकोच।

ज़रा रुककर बोला, "जैसे कभी-कभी आप लोग दान कर देते हैं, वैसे ही मैं भी कभी मुफ़्त में काम कर देता हूँ। उस दिन शराबी दोस्त को मैंने बिलकुल 'फ्री' में पीट दिया, उसकी औरत की तरफ़ से। ऊपर से 10 रुपये मेरे ही लग गये।" वह हँसने लगा।

उसकी बातें बड़ी दिलचस्प थीं। यह सब बड़े सहज ढंग से वह बतला रहा था। तनिक भी अपराध या हीनता की भावना उसमें नहीं थी। उसका मन बड़ा मुक्त और अकुण्ठ लगा।

मैंने पूछा, "इससे तुम्हारी गुज़र मज़े में हो जाती है?"

वह बोला, "यह तो फुटकर धन्धा हुआ। थोक व्यापार भी करता हूँ। किसी मोटी जेब वाले को अँधेरे-उजेले पकड़ लेता हूँ। दबाता गर्दन हूँ और रुपया जेब से उगलता है। या कभी किसी को ऊँचे-नीचे में पकड़ लिया। हाल ही में सदर बाज़ार के हार्डवेयर

मर्चेंट सेठ रामदास को मैंने पकड़ा। पहाड़ी के पास एक बँगले में राग-रंग करने जाता था, किसी को लेकर। एक दिन मैंने बाहर निकलते ही पकड़ लिया। मैंने कहा, 'सेठ, इंटरटेनमेंट टैक्स तो देते जाओ।' सौ-सौ के दो नोट हाथ में आ गये। ये भी लुटेरे, मैं भी लुटेरा। ये सरे बाज़ार लूटते हैं, मैं अकेले में। लुटेरे को लूटने में कोई गुनाह नहीं है।"

मैंने पूछा, "जेल कितनी बार गये?"

"एक बार भी नहीं। हर बार साफ़ बच गया। आप तो ख़ुद वकील हैं, सब जानते हैं। अगर ख़र्च करने को पैसा है, तो आदमी कुछ भी कर सकता है। अव्वल तो पुलिस पकड़ेगी। नहीं, पैसा जो दे दिया जायेगा। आगे चलकर तो हम लोग पुलिस की लारियों में, पुलिस की निगरानी में लूट करने जाया करेंगे। अगर पुलिस ने पकड़ ही लिया तो सरकारी वकील को पैसे देकर मामला कमज़ोर करवा दिया। अगर मामला अदालत में चला ही गया, तो होशियार वकील काले को सफ़ेद साबित कर देगा। वहाँ भी अगर नाकामयाब रहे तो वकील ख़ुद मजिस्ट्रेट को घूस दिला देगा...आप चौंकिए मत। आप सब जानते हैं। चौंकते इसलिए हैं कि मुझे ये बातें मालूम हो गयी हैं। मैं आपसे सच कहता हूँ, बहुत से मजिस्ट्रेट तक घूस लेते हैं। वकील लोग दिलाते हैं। दो हज़ार में हत्या हो सकती, सिर्फ़ तीन सौ में किसी का भी सिर फोड़ा जा सकता है। कुछ दिनों में आप लोग अपने 'साइन बोर्ड' में ऐसा लिखोगो–'हत्या के एक्सपर्ट वकील–सिर्फ़ दो हज़ार में बेदाग़ क़त्ल करा देने की गारंटी।' जिसे किसी की जान लेनी होगी, वह वकील साहब के पास दो हज़ार जमा करेगा।

वकील उसे हिदायत देंगे। पाँच सौ पुलिस को देंगे, पाँच सौ अपनी फ़ीस रखेंगे और एक हज़ार मजिस्ट्रेट को देंगे। आदमी की जान की क़ीमत दो हज़ार सिर्फ़! काफ़ी सस्ता माल है न!"

न जाने कब तक वह बोलता जाता। पर इसी समय माँ बैठक में आ गयीं। उन्हें देखते ही अब्दुल खड़ा हो गया और सिर झुकाकर प्रणाम किया। माँ ने आशीर्वाद दिया, "जीते रहो!"

उसके मुख का भाव ही बदल गया। बड़े विनयपूर्ण स्वर में वह बोला, "अम्मा, जब सिनेमा देखना हो, मुझे हुक्म देना। भाई साहब से मत कहना; मैं आपको ले चलूँगा। और बिल्कुल फ्री। सब सिनेमा मैनेजर मेरी बात मानते हैं। चाहे जिस क्लास में बिठा दूँ आपको। जो आना-कानी करेगा, उसे दो चाँटे रसीद करूँगा।"

माँ विस्मय से उसे देख रही थी। वे उसे पहिचान तो गयी थीं; पर उसके इस तरह एकदम बकने लगने से ज़रा सहम गयी थीं।

उसकी वाणी फूट निकली थी। वह आपे में नहीं था। बोलता गया, "अम्मा, मेरी माँ भी ठीक आप जैसी थी। उस दिन आपको देखा तो मुझे ऐसा लगा कि मेरी माँ ही आ गयी हो।"

माँ को बात करने का आधार मिला, वे बोलीं, "तेरी माँ कहाँ है?"

उसने आसमान की ओर संकेत करके कहा, "वहाँ है अब तो। कई साल हो गये। ठीक आपके जैसी थी।"

"और तेरे पिता?"

"पिता? पिता भी नहीं हैं। मैं तो कई साल पहले घर से भाग निकला। अब मुझे कुछ भी नहीं मालूम!"

उस पर विषाद की छाया फैल गयी।

जरा देर पहले का उसका उत्फुल्ल मुख मलिन हो गया।

"तू घर से भाग क्यों आया?" माँ ने पूछा।

उसने ज़रा गहरी साँस छोड़ी। बड़ी विषादमयी वाणी में बोला, "वह बड़ी दर्दनाक कहानी है, अम्मा! सुनाऊँ तो मेरा कलेजा फट जाये। फिर कभी बताऊँगा। मुझे माँ की बड़ी याद आती है। आप मुझे बेटा मानेंगीं? मैं बुरा हूँ, बहुत बुरा। सब मुझसे नफ़रत करते हैं। पर बेटा माँ के लिए तो बुरा नहीं होता। बोलिए; मुझे अपना बेटा मानेंगी? फिर देखिए, मैं आपको कितना काम करता हूँ। इन भाई साहब से ज्यादा..."

वह बहुत भर आया था। उसके मज़बूत सीने में कहीं कोई भारी भाव था। आँखें उसकी सजल हो गयीं, गला रुँध गया। उसकी उद्धतता समाप्त हो गयी। वह निस्सहाय बालक-सा कातर हो गया।

माँ मेरी बड़ी वात्सल्यमयी हैं। बचपन से ही मेरे मित्रों को उनका वात्सल्य मिलता रहा है–मेरी ही तरह। मेरे घर मित्रों की भीड़ लगी रहती थी। वे सबको प्यार से तरह-तरह के पकवान बनाकर खिलाती थीं। उनके वात्सल्य के अंचल की छाया में कोई भी आ सकता था। इस लड़के ने उनके नयनों में असीम वात्सल्य देख लिया होगा। तभी वह बेझिझक पहली ही भेंट में उनके चरणों में लोटने लगा।

अब्दुल ने आँसू पोंछकर कहा, "मैं बड़ा बदक़िस्मत हूँ, माँ! माँ बच्चे के लिए बड़ी नियामत होती है। मेरी माँ मेरे होश सँभालने से पहले ही न जाने क्यों मुझे छोड़ गयी।"

माँ करुणार्द्र हो गयी थीं। उसके सिर पर हाथ फेरकर समझाने लगीं, "रो मत! किसी की भी माँ हमेशा नहीं रहती। तू तो अब बड़ा हो गया है। मेरे तो सभी बड़े हैं। तू भी माँ कहा कर। पर तेरी माँ बनने में मुझे बड़ा डर लगता है।"

"क्यों?" उसने सिर उठाकर पूछा।

मुस्कुराकर वे बोलीं, "सुना है, तू मारपीट करता है। कहीं मेरे ऊपर ही ग़ुस्सा आ गया तो..."

वह एकदम बोला, "अरे राम! राम! ऐसा भी कहीं हो सकता है। मैं अपना हाथ काटकर फेंक दूँगा, अगर इसने आप पर उठने का इरादा किया तो।"

माँ ने कहा, "पर, तू ये ख़राब काम करना छोड़ क्यों नहीं देता? कुछ और काम कर और दो रोटी कमाकर खा।"

वह बोला, "काम मिलता कहाँ है? मैंने तो बहुत कोशिश की। भाई साहब दिला दें, तो नौकरी भी कर सकता हूँ।"

माँ ने मुझसे कहा, "नरेन्द्र, इसे कहीं नौकरी दिला दे। तेरी तो बहुत पहचान है। बिना माँ-बाप का लड़का है।"

मैं अब तक मुग्ध मन से उन दोनों की बातें सुन रहा था। उस लड़के ने अभी मुझे घण्टे भर तक भाषण पिलाया था। वही अब माँ

के सामने मिमियाने लगा था। भोला शिशु बन गया था। वात्सल्य की शक्ति ही ऐसी होती है। सिंह जब जानवरों को हिंस्र नाख़ूनों से फाड़कर माता के पास आता होगा, तो मेमने-सा कोमल और विनयी हो जाता होगा।

थोड़ी देर बाद वह चला गया।

मैंने माँ से कहा, " तुमने एक ही बार की पहचान में उसे बेटा बना लिया। वह है गुण्डा। न जाने इतना प्रेम क्यों बता रहा है? कहीं कोई दग़ा न कर बैठे।"

माँ ने कहा, "तू तो है वकील! हर बात में तुझे शंका होती है। उसके आँसू आ गये थे, गला भर आया था–तूने देखा नहीं? इतना कपट कोई नहीं कर सकता। और फिर अपना क्या ले जायेगा?"

"परसों 10 रुपये ले ही गया था।"

"क्या वापस नहीं किये?"

" कर गया। पर..."

“बस तो। इसमें पर-वर क्या है? वह लड़का जैसा दिखता है, वैसा है नहीं। गुण्डा तो वह हो ही नहीं सकता। गुण्डा बना फिरता है। कोई बड़ा दुख है उसे। इसमें कोई बड़ा भेद होगा। इसकी नौकरी लग जाये, तो बिलकुल सुधर जाये।"

मैंने कहा, “तुमने उसका नाम नहीं पूछा ! अब्दुल ग़फ़ूर बताता है। "

वे ज़रा चौंकी। फिर बोलीं, "पर इसमें भी मुझे कोई भेद मालूम होता है। वह बातचीत में एक बार चिल्ला पड़ा था–'अरे राम! राम!'...बेटा, संस्कार दबाये नहीं दबता। बोल पड़ता है। घर से भागा लड़का है, नाम बदलकर घूमता होगा।"

माँ की बात तर्कयुक्त थी। मैं फिर भी सशंक था। अब्दुल का आना-जाना अब बहुत बढ़ गया था। माँ के कितने ही काम वह किया करता। विश्वास उस पर इतना बढ़ गया था कि वह बच्चों को घुमाने भी ले जाता था। माँ के प्रति उसकी असीम भक्ति थी। कहीं कोई उपद्रव करके आता और माँ उसे डाँटती, तो वह कान पकड़कर उठक-बैठक लगाने लगता–बच्चों की तरह।

वह मुझे 'भाई साहब' कहने लगा था। घण्टों मेरे पास बैठता। बातें उसकी बड़ी मज़ेदार होतीं। यहाँ वहाँ के अपने *अनुभव सुनाता। सड़क चलते* मेरे साथ हो *जाता*...रास्ते में *बहुत से लोगों* के बारे में वह बताया करता।

एक दिन सड़क पर मैंने एक आदमी से हाथ *जोड़कर* नमस्ते *किया*। वह मेरी ओर देखने लगा। उसकी भौंहें तन गयीं।

पूछा, "यह कौन है? इससे आपने नमस्ते क्यों किया?"

मैंने कहा, "बहुत बड़ा आदमी है। प्रसिद्ध नेता है।" वह बोला, "बस, इतना ही जानते हैं आप इसे। मैं इससे ज़्यादा जानता हूँ। इसके जुए के फड़ पर मैंने छह महीने पहरा दिया है। बड़े-बड़े आदमी इसके यहाँ खेलने आते हैं। हज़ारों रुपये की 'नाल' कटती है। मैं इसके लिए शराब और औरतें लाता रहा हूँ। मोहन बाग में

इसका बँगला है। वहीं रोज़ रिक्शे में शराब और औरत ले जाता था। एक दिन एक पुलिसवाले ने पकड़ लिया। पूछने लगा, 'यह कौन है तेरी?" मुझे कहना पड़ा, 'बहिन!' बाद में मैंने सोचा कि जो बात अनायास मेरे मुँह से निकल गयी, वह सच ही तो है। यह बेचारी मेरी बहिन ही तो है। इसका मेरा एक धन्धा है–यह उस बदमाश को जिस्म देकर पेट भरती है। और मैं? मैं भी तो उसे जिस्म देता हूँ–इसी जिस्म से फड़ की रखवाली करता हूँ, इसी जिस्म से शराब लाता हूँ, इसी जिस्म से औरत लाता हूँ। उन छह महीनों में बड़े उजले मुखों पर कालिख पुती देखी है मैंने। आप नहीं जानते भाई साहब, कई लोग सूरज की रोशनी में बड़े चमकीले लगते हैं, मगर रात को काले हो जाते हैं। बड़े-बड़े धर्मात्मा नेता देखे हैं मैंने। आप इन सालों को हाथ मत जोड़ा करिए। ये आपके पाँवों की धूल के बराबर भी नहीं हैं।"

वह जब आवेग में होता, तो इसी तरह बेरोक-टोक बोलता जाता। उसके भीतर न जाने कितना लावा भरा था।

मेरी कितनी ही मूर्तियों को उसने खण्डित किया। मैं श्रद्धा के बोझ से काफ़ी दबा रहता था; उसने मुझे बड़ा हलका किया। रोज़ एकाध देव-प्रतिमा उसके वचनों से खण्डित होती। पर वह कभी-कभी धूल में पड़े किसी बेडौल से पत्थर को उठाकर देव-मंन्दिर में भी स्थापित कर देता। कई निन्दित, बदनाम, छोटे आदमियों का उज्ज्वल रूप उसने मुझे बताया। फिर भी वह बच्चों जैसा खेल-खेल में ही सबके *बारे में सारी बातें बता देता।*

उसकी कोठरी *पता नहीं कहाँ थी? वह मुझे कभी नहीं बताता।* मैं कभी जाने का *आग्रह करता तो वह यह* कहकर टाल देता कि मैं *बड़ी गन्दी जगह* रहता हूँ, आप वहाँ एक मिनिट भी नहीं रुक सकेंगे।

एक दिन मैं उस मुहल्ले से निकला तो उसके कमरे की ओर मुड़ गया। लकड़ी के फरदों की एक छोटी-सी कच्ची कोठरी थी।

मैंने भीतर झाँका। वह भीतर था। वह बड़े मन से एक काम में लगा था। काम क्या था? दो-तीन छुरियों को निशाना साधकर लकड़ी की दीवार पर मार रहा था। छुरियाँ लकड़ी में घुस जातीं, तो वह उन्हें निकालकर फिर निशाना साधकर मारता। चारों ओर छुरियों के निशान बने थे।

वह खेल नहीं रहा था। खेल में या अभ्यास में आदमी का चेहरा इतना विकृत नहीं होता। उसके मुख पर असीम क्रूरता और घृणा थी। बिलकुल हत्यारे का मुँह लगता था।

मैंने आहिस्ते से पुकारा, "अब्दुल, यह क्या कर रहा है?" उसका हाथ रुक गया। घबड़ाकर मेरी ओर देखा। कुरते से पसीना पोंछकर बोला, "अरे! आप कैसे आये?"

वह हक्का-बक्का हो गया था। मुझसे बैठने को कहने का होश भी उसे नहीं था।

मैं उसकी खाट पर बैठ गया। प्रश्न दुहराया, "यह क्या कर रहा था?"

वह बोला, "कुछ नहीं। यों ही ज़रा निशाना साध रहा था।"

"क्यों? किसी सर्कस में काम करना चाहता है?"

वह बड़ी खिन्न हँसी हँसा। बोला, "ज़िन्दगी से बड़ा सर्कस और कौन है? रोज़ तो नित नये खेल खेलता हूँ। यह तो यों ही ज़रा मन बहलाने के लिए..."

मैंने कहा, "मन बहलाने के लिए ऐसा नहीं किया जाता। मैं पाँच मिनट से देख रहा हूँ। तू इसे खेल सरीखा नहीं खेल रहा था।"

वह बोला, "खेल नहीं है, तो काम ही समझ लीजिए।"

"यह कैसा काम है?" मैंने पूछा।

वह खीझ उठा। बोला, "आप तो हर जगह वकील बने रहते हैं। बात-बात में जिरह। तो सुनिए–यह मेरा बहुत ज़रूरी काम है। मैं अचूक निशाना साधना चाहता हूँ। आदमी 10-15 फ़ीट दूर हो, तो भी मैं उसके दिल को छेद सकूँ। कई आदमी इतने गन्दे होते हैं कि उन्हें मारने के लिए पास जाने का मन नहीं होता।"

"तो तू किसी आदमी को मारना चाहता है?"

"हाँ, ज़रूर मारूँगा।"

" पर तू तो कहता था कि तूने गुण्डागिरी छोड़ दी?"

"यह गुण्डागिरी नहीं है, मेरा फ़र्ज़ है। उसे मारे बिना मेरा फ़र्ज़ पूरा नहीं होगा।"

"कौन है वह?"

"यह बात मुझसे निकाल सकने वाला वकील दुनिया में अभी पैदा नहीं हुआ। इतना ही कह सकता हूँ कि आप उसे नहीं जानते। वह इस शहर का भी नहीं है। यह भी नहीं जानता कि वह आजकल कहाँ है। पर मुझे भरोसा है कि वह एक दिन मुझे मिलेगा ज़रूर। और तब मैं उसके कलेजे में छुरी घुसेड़ दूँगा।"

मैं चुप था। वह दीवार पर अटकी छुरी निकालने लगा; फिर उसने दोनों छुरियाँ पेटी में रख दीं।

वह काफ़ी सँभल गया। उसके चेहरे का तनाव कम हो गया था।

बड़ी गम्भीरता से बोला, "भाई साहब, एक बात तो बताइए– आदमी का दिल ठीक किस जगह होता है? पीठ की ओर से आसानी से मिल सकता है कि सीने की तरफ़ से? मैं उसके ठीक दिल में छुरी चुभाना चाहता हूँ। वैसे तो गर्दन दबाकर भी मार सकता हूँ, पर मैं उसका दिल छेदना चाहता हूँ।"

वह फिर उसी बचपन में लौट आया। इतने जघन्य कृत्य की बात खिलवाड़ में ही करने लगा।

मैं बात को खेल में नहीं टाल सकता था। मैंने कहा, "तेरा उस आदमी ने क्या बिगाड़ा है?"

वह फिर उत्तेजित हो उठा, "उसने? उसने तो मेरी ज़िन्दगी में कुछ छोड़ा ही नहीं। उसने मेरी माँ की जान ली है। उसने एक बेकसूर को मारा है। उसे मारे बिना मुझे चैन नहीं मिल सकता। मेरी ज़िन्दगी का यही सबसे बड़ा काम है।"

मैं बड़ा चिन्तित हो गया। मैं समझ रहा था कि इसमें सुधार हो रहा है। पर यह तो यहाँ बैठा-बैठा किसी की हत्या करने की तैयारी कर रहा है। न जाने कब यह वारदात हो जाये और मैं भी उसके साथ फँस जाऊँ। लोग इसे मेरे साथ देखते हैं। पुलिस भी देखती होगी। कहीं कुछ कर बैठा, तो पहले मैं पकड़ा जाऊँगा।

वह मेरे चिन्तित मुख की ओर देखता रहा। फिर एकदम उठकर मेरे पैरों से चिपट गया। कहने लगा, "आप मेरे कारण बिलकुल चिन्ता में न पड़ें। मैं वफ़ादार आदमी हूँ। मुझे दुनिया में सबने दुत्कारा। सिर्फ़ आप लोगों ने मेरे सिर पर मुहब्बत से हाथ रखा। मैं आप लोगों को किसी मुसीबत में नहीं डालूँगा। जबसे आपसे मेरी जान-पहचान हुई है, मैंने एक भी कोई वैसा काम नहीं किया। मेरे पास पहले का कुछ है, उसी से काम चला रहा हूँ। उस दिन तो मैं इसलिए आपके पास माँगने गया था कि पुलिस मेरे कमरे में मेरे पीछे न आ जाये। आप बिलकुल फ़िक्र न करें। जो कुछ करूँगा, अपनी ज़िम्मेदारी पर। और सब खुलासा कह दूँगा।"

मैंने बहुत कोशिश की, पर उसने उस आदमी का नाम नहीं बताया। स्पष्ट था कि उसके प्रति इसके मन में तीव्र घृणा थी। इसका कारण कोई और भावनात्मक आघात रहा होगा। जिसका इससे सबसे अधिक अपनत्व रहा हो, उसी ने उसकी माँ को उससे छीन लिया होगा। वर्षों से उसके मन में प्रतिहिंसा जल रही है। यह क्षण का आवेग नहीं है। न जाने किसने इसके हृदय को कुचला? न जाने किसने इसकी माँ को छीना?

मेरी माँ को देखकर उसे अपनी माँ की याद हो आयी थी। माँ की ममता का भूखा, यह एकदम मेरी माँ के वात्सल्य में भीग गया था। इस बात में कोई शक नहीं था कि वह किसी अच्छे परिवार का लड़का था। वह शौकिया गुण्डा नहीं हुआ था।

माँ के सामने जाते ही वह बालक बन जाता था। उनसे शायद वह रहस्य कह दे, यह सोचकर मैंने माँ को उस दिन की घटना बतलायी।

शाम को जब वह आया, तो माँ ने उससे पूछा। उसने बड़ी दीन वाणी में कहा, "अम्मा, यह मैं अभी नहीं बता सकता। यह मैं किसी को नहीं बता सकता। तुम्हारे लिए प्राण दे सकता हूँ, मगर यह बात मुझसे मत पूछो। और क्या पता वह आदमी अपनी ही मौत मर गया हो या जल्दी मर जाये। वक़्त आने पर सब बताऊँगा।"

उसका हठ टूटा नहीं। वह अपराधी-सा सिर नीचा किये वहाँ से चला गया।

माँ ने कहा, "यह लड़का तो बड़ा विचित्र है। इसका कुछ भेद ही नहीं मिलता। जाने किसकी जान लेना चाहता है।"

मैंने कहा, "इसे मुँह लगाना ठीक नहीं हुआ। न जाने कब क्या कर बैठे। हमारी व्यर्थ ही खींचतान हो।"

माँ ने कहा, "पर इसमें वैसे तो सुधार आया है। आजकल यह कोई उपद्रव नहीं करता।"

हम लोगों ने सोचा कि उसका आना बन्द कर दें। पर वह घर आते ही इतना सीधा हो जाता कि उससे कुछ कहते नहीं बनता था।

इतनी आत्मीयता में आदमी को दुत्कारा भी कैसे जाये? हमारे साथ उसका व्यवहार बहुत ही विनम्र होता। वह दयनीय ही हो जाता। और इस तरह व्यवहार करता मानो इसी घर का लड़का हो। घर के कितने ही काम वह किया करता। बिना किसी कारण के उसका घर आना बन्द भी कैसे करते?

उसकी नौकरी किसी तरह लग गयी। नौकरी पाने की मजबूरी में उसने एक रहस्य और प्रगट हो जाने दिया–वह इंटर तक पढ़ा था। उसकी बातचीत से वह बड़ा समझदार और होशियार लगता था। पर पढ़ाई-लिखाई की बात उसने हमेशा छिपायी थी।

एक प्राइवेट कम्पनी में जब मैंने उसकी नौकरी की बात चलायी, तो उन लोगों ने शैक्षणिक योग्यता पूछी। पहले तो उसने टालमटूल की। फिर बताया कि वह इंटर पास है। प्रमाण-पत्र माँगे, तो उसने साफ़ कह दिया, "गुण्डा भी कहीं सर्टिफ़िकेट लेकर घूमता है? सब खो गये। अगर भरोसा न हो, तो मेरा इम्तहान ले लें।" प्राइवेट नौकरी थी और मेरी अच्छी पहचान थी, इसलिए उसकी बात मान ली गयी।

वह काम पर जाने लगा। काम बड़ी मुस्तैदी से करता। मैंने एक दिन मैनेजर से पूछा, तो उसने कहा, "बहुत ईमानदार, मगर ज़रा सनकी है। मिज़ाज का ज़रा तेज़ है। अगर ज़रा कोई बात शान के ख़िलाफ़ हो जाये तो तमतमा उठता; आँखों में लाल डोरे आ जाते हैं। हम उसकी यह कमजोरी समझकर ही काम लेते हैं। हाँ साहब, नौकरी में आत्म-सम्मान कमज़ोरी तो है ही।"

उसके रहन-सहन में भी काफ़ी परिवर्तन हो गया था। पहले जैसा शोहदा वह नहीं लगता था। पर एक छुरी वह हमेशा जेब में डाले रहता।

अभी भी वह निशाना साधता और सीने में दिल की ठीक स्थिति जानने की कोशिश किया करता।

एक दिन कमरे में शरीर विज्ञान का एक चार्ट लिये बैठा था। टेबिल पर चार्ट पड़ा था और वह उसे बड़े ध्यान से देख रहा था।

वह मनुष्य शरीर का ढाँचा था। मैं चुपचाप उसके पीछे खड़ा था और वह आसपास से बिलकुल बेख़बर, टेबल पर पड़े चार्ट पर झुका था। उसके एक हाथ में छुरी थी। देखते-देखते उसने छुरीवाला हाथ उठाया और चित्र *पर* हृदय में छुरी घुसेड़ दी। चित्र में छेद पड़ गया। वह उसे बड़े ग़ौर से देखता रहा। *उसने* एक साँस छोड़ी। पसीने से तर हो गया था।

उसके मुड़ने के पहले ही मैं वहाँ से चुपचाप खिसक लिया। नौकरी *मिल* जाने पर भी और जीवन में इतना परिवर्तन हो जाने पर भी किसी के हृदय में छुरी घुसेड़ देने की धुन अभी लगी ही थी।

इतवार का दिन आलस्य का दिन होता है। सप्ताह भर समय पर दफ़्तर जाने वाले लोग, इतवार को कोई भागदौड़ नहीं मचाते। देर से उठते हैं, आराम से चाय पीते हैं, गप्पें हाँकते हैं। उन्हें कहीं जाने की जल्दी नहीं होती, आज वे किसी के ग़ुलाम नहीं; अपने समय के आप ही मालिक होते हैं।

मैं देर से उठकर चाय पीता हुआ अख़बार पर नज़र दौड़ा रहा था। सामने बरामदे में एक आदमी सहमा-सा खड़ा देख रहा था। मैंने आवाज़ दी, "कौन है भाई? क्या चाहिए? यहाँ भीतर आ जाओ।" वकील को हर आदमी मुवक्किल लगता है, जैसे डॉक्टर को हर आदमी मरीज़। हमारे छीन-झपट के धन्धों ने हमारी दृष्टि में मनुष्य को केवल मुवक्किल, या मरीज़ या ग्राहक बनाकर रख दिया है।

वह आदमी भीतर आया। मैंने कहा, "क्या काम है?"

वह बोला, "वह विनोद बीमार है। आपको याद कर रहा है।"

"कौन विनोद?" मैंने पूछा।

जवाब दिया, "विनोद को नहीं जानते? वही जो आपके यहाँ आता-जाता है। आपने ही तो उसकी नौकरी लगा दी है।"

मैंने देखा उसके कपाल पर बायें कोने में ताज़ा घाव का निशान था। मेरे मुँह से सहसा निकला, "तुम्हारे सिर में उसी ने डण्डा मारा था न?"

वह सकुचाता हुआ बोला, "हाँ बाबू साहब, उस दिन ज़रा दारू ज़्यादा पी गया था। औरत से लड़ बैठा था। "

माँ का अन्दाज़ ठीक था। विनोद नाम को वह अब्दुल से ढाँके था। कितने रहस्य यह आदमी अपने आसपास लपेटे है। इसने अपना नाम क्यों बदल रखा है? नाम के साथ ही धर्म भी? क्या विनोद ने कोई जघन्य अपराध किया है जिसे अब्दुल ढाँके है? कितनी परतों के भीतर इसका सच्चा रूप छिपा है? क्या पता विनोद के भीतर कोई और छिपा हो!

मैंने उस आदमी से कहा, "भाई, ज़रा बैठ जाओ; चलता हूँ। यह तो बताओ, यह विनोद है या अब्दुल? इसके बाप को जानते हो?

उसने कहा–"यह तो मैं भी नहीं जानता कि वह कौन है, *किसका* लड़का है और उसका *नाम क्या है? सिर्फ इतना पता है कि वह* ज़ात का कायस्थ है। घर से भाग आया है और यहाँ आकर अब्दुल बन गया है। वह डरता है कि कहीं उसके घरवाले पता न पा लें। घर लौटना नहीं चाहता।"

मैंने माँ को पुकारा। वे आयीं, तो मैंने कहा, "माँ, तुम्हारा अन्दाज़ ठीक था। वह अब्दुल नहीं है; विनोद है। कायस्थ है। ये उसके पड़ोसी हैं।"

माँ बोली, "देख, मैं कहती नहीं थी! सूरत से भी भले घर का मालूम होता है। कहाँ का रहने वाला है? इस तरह भागा-भागा क्यों फिरता है?"

वह आदमी बोला, "माताराम, यह तो मुझे भी नहीं मालूम। कुछ बताता ही नहीं है। बड़ी बँधी मुट्ठी है उसकी।"

मैं उस आदमी के साथ हो लिया। उसके कमरे पर पहुँचा। उसे बुख़ार था। पर वह घबड़ा बहुत रहा था। बीच-बीच में असम्बद्ध-सा बड़बड़ाता जाता था।

डाक्टर को बुलाया। उसने देखकर कहा कि बुख़ार तो ज़्यादा नहीं है पर मानसिक उत्तेजना के कारण तबीयत ज़्यादा ख़राब हो गयी है।

वह बीच-बीच में चीख़ता-चिल्लाता। माँ का नाम लेकर ज़ोर से पुकारता। फिर तकिये में सिर गड़ाकर सिसकने लगता।

तीसरे पहर उसकी तबीयत कुछ सुधरी। उसने मुझे पहचाना। पूछा, "क्यों, माँ जी नहीं आयीं?" मैंने उसी पड़ोसी को माँ को बुला लाने भेजा। वह आँख फाड़े छत को देखता रहा।

माँ आ गयीं। उन्हें देखते ही उसकी आँखों में आँसू आ गये। बच्चे की तरह मुँह फुलाकर शिकायत करने लगा, "अम्मा, मैं मर रहा हूँ, और तुम देखने भी नहीं आयीं। क्यों आओगी? मैं कौन होता हूँ तुम्हारा? एक आवारा की किसी को कोई ख़ास ज़रूरत नहीं है। मेरा कोई नहीं है....कोई नहीं...मर जाऊँ तो कौन रोने वाला है।" उसने तकिये में मुँह छिपा लिया।

माँ की आँखें भी गीली हो आयीं। प्यार से उसके सिर पर हाथ फेरती हुई बोलीं, "पगले, तुझे होश भी था, जो जानता कि मैं आयी या नहीं। अरे, माँ तो कभी छोड़ती नहीं बेटे को। भगवान ही उठा ले तो बात दूसरी है। तू आराम से लेट जा। सबेरे तक अच्छा हो जायेगा। सो जा ठीक से। ज़्यादा बचपना *नहीं करना।*

वह बहुत *आवेग में था।* फिर भी माँ की बात स्वीकार कर ली और पड़ गया। *उसके हृदय का* स्पन्दन और श्वास-वेग देखकर लगता था उसके हृदय में आवेश है।

स्वस्थ हो जाने पर एक *दिन घर पर आया तो माँ ने उससे कहा,* "क्यों रे तू तो *मुझसे भी झूठ* बोल गया! नाम ही तू छिपाये रहा, पता नहीं तेरे पेट में क्या है, भाई!"

वह घबड़ा गया। फिर कुछ सोचकर बोला, "मैं बीमार था, तब वह जगन्नाथ यहाँ आया होगा। ज़रूर उसी ने कहा होगा। उसके पेट में कोई बात पचती ही नहीं। माँ, तुम मुझे माफ़ कर दो। कुसूर तो मैंने किया ही है। पर मैं नहीं चाहता कि कोई मुझे पहचाने। मेरे पुराने नाम के साथ बड़ी कड़ुवाहट जुड़ी है। जब मुझे कोई 'विनोद' कहकर पुकारता है, तो मेरा कलेजा काँप जाता है। विनोद तो मर गया। मैं तो दूसरा ही आदमी हूँ। मैं सब कुछ बदल देना चाहता हूँ—नाम, कुल, जाति। मेरी पिछली ज़िन्दगी मुझसे छूट जाती तो कितना अच्छा होता !"

मैंने कहा, "सब बदला जा सकता है, पर मन तो वही रहता है। आदमी सबसे दूर भाग सकता है—घर से, परिवार से, अपनों से, पर मन तो फिर भी उसके साथ रहता है।"

"यह तो मेरी मजबूरी है।" वह निराश स्वर में बोला।

माँ ने पूछा, "पर तेरी ज़िन्दगी में ऐसा क्या हो गया है? कुछ तो बता। और तू किसी को मारने की बात बार-बार कहता है? किसने तेरी माँ को छीना?"

उसने माथा झुका लिया। उसके मुँह से गहरी कराह निकली। जवाब दिया, "यह नहीं बतलाता। बतलाऊँगा, तो आप लोग मुझे समझाने लगेंगे। मैं नहीं चाहता कि कोई मुझे समझाये। जो मैंने समझ लिया है, उससे आगे नहीं समझना चाहता। मेरे भावों के तीखेपन को आप लोग समझा-बुझाकर बोथरा करने की कोशिश करेंगे। यह मैं नहीं चाहता। एक दिन सब बात खुल जाएगी। तब मैं तुम्हीं से न्याय कराऊँगा, माँ, मैंने अच्छा किया या बुरा।"

माँ कुछ बोलीं नहीं। चिन्तित मुख उसकी ओर देखती रहीं।

वह बड़ी कातर वाणी में बोला, "तुम नाराज़ हो गयीं। तुमसे ही मुझे माँ का प्यार मिला है। मेरी माँ के उठ जाने के बाद तो मैं घृणा ही पाता रहा हूँ। मैं आपके लिए सब कुछ कर सकता हूँ, पर इस बात में दख़ल मत दो। अगर मेरी *सगी माँ* भी स्वर्ग से उतरकर समझाने लगे तो मैं उनकी बात भी नहीं मानूँगा। *वे उन्हें माफ कर दें*, पर मैं नहीं कर सकता। उसने *उनकी* अपेक्षा मेरा अधिक अपराध *किया* है।"

वह फिर उत्तेजित हो उठा। उसके मन की ऐंठन चेहरे पर आ गयी। व्याकुल हो उठा। आवेश में बोलता गया–"तुम नहीं जानतीं, मेरे भीतर कितनी ज्वाला धधक रही है। मैंने प्रतिशोध को बच्चे की तरह पाला है। वह मेरा आत्मज है। अब मैं किसी के कहने से उसका गला नहीं घोंट सकता। जिसने मेरे समान यातना नहीं भोगी, वह नहीं समझ सकता मेरी हालत को।"

उसे समझाना व्यर्थ था। बड़ा हठी था। मैंने माँ से कहा, "माँ, उसे शान्त करने की कोशिश करना व्यर्थ है। जो हमारा कहना न माने उसकी ज़िम्मेदारी हम कैसे ले सकते हैं? हमें ही उसके रास्ते से हट जाना चाहिए। उसे दिखे, वैसा करे।"

मैं काफ़ी रूखेपन से बोला। मैं खीझ उठा था। मेरी आशंका बढ़ने लगी थी। न जाने कब क्या हो जाये? भला करते, ख़ुद फँस जावें। कई बार मैंने उसे छोड़ देने का इरादा किया, पर उसने ऐसा अपनत्व उत्पन्न कर लिया था, माँ के प्रति इतनी श्रद्धा उसमें थी, कि उससे कुछ कहने के लिए मुँह नहीं फटता था। और वह हमारा

कोई नुक़सान भी तो नहीं करता था। नौकरों की तरह सेवा-चाकरी करता था।

मेरी बात से उसे धक्का लगा। वह धीरे से उठा और बिना कुछ बोले बाहर चला गया।

समय-समय पर ऐसे उवाल के सिवा वह अब बहुत शान्त रहता। बड़ा शरीफ़ हो गया था। दफ़्तर में सब उसकी कार्यकुशलता और सज्जनता की तारीफ़ करते थे। जो उसके पहले के रूप को जानते थे, वे इस परिवर्तन पर विस्मित थे और इसका श्रेय मुझे मिलने लगा था। मेरे भीतर निर्माण का दम्भ भी कुछ-कुछ जाग चला था। पर मैं जानता था, कि कभी भी इस शान्ति के आवरण को चीरकर उसके भीतर की ज्वाला बाहर निकल आती थी। और तब वह आवेश में धाराप्रवाह बोलता जाता था। विश्वासों को धूल में मिलाता जाता, सज्जनता की हँसी उड़ाता; हमारी मान्यताओं की धज्जी उड़ाता। जब उसकी कटुता उभरती, तो जैसे उसकी प्रतिभा जाग जाती।

कई प्रसंग तब के याद हैं।

एक दिन हम लोग 'परिणीता' फ़िल्म देखकर आ रहे थे। शरद बाबू की कथा और सुन्दर अभिनय–हमारे मन भीगे थे। कोई किसी से बोल नहीं रहा था। शरच्चन्द्र इसी प्रकार हमारी चेतना को अभिभूत करते हैं। सघन करुणा और अथाह श्रद्धा–तर्क को मौन बना देते हैं। आधे रास्ते में पत्नी ने कहा,– "देखो, आख़िर श्रद्धा की विजय हुई। बेचारी को कितनी यातनाएँ सहनी पड़ीं, पर उसने प्रेम और विश्वास नहीं छोड़ा। अन्त में पुरुष का हृदय बदला।"

विनोद जैसे भरा हुआ बैठा था। एकदम फूट पड़ा, "बस, बस, भाभी बहुत है। इतनी तारीफ़ मत करो। ये लेखक लोग भी तुम्हें बुद्धू बना देते हैं। उन्होंने लिख दिया—श्रद्धापूर्वक सहे जाओ। अत्याचार को गर्व के साथ अंगीकार करो। किसी दिन पुरुष का हृदय बदलेगा। बस, तुमने गाँठ बाँध ली। तुम्हारी सहनशीलता-क्षमाशीलता की प्रशंसा कर दी और तुम फूल कर कुप्पा हो गयी। अब तुम सो जाओ। कभी तो पुरुष का हृदय बदलेगा। कहानी में तो बदलना है मगर ज़िन्दगी में कम ऐसा होते देखा है।"

माँ ने टोका, "तेरा तो दिमाग़ उलटा चलता है।"

"उलटा नहीं, माँ, सीधा चलता है। सीधा सोचने वाला सनकी कहलाता है। 'परिणीता' वाली लड़की को ही देखो। झूठे सन्देह पर वह आदमी उसे त्याग देता है। इतने वर्षों की समीपता, मैत्री, प्रेम, विश्वास सब पर उसने पानी फेर दिया और एक क्षण के सन्देह को सत्य मान लिया। वह लड़की भी उससे कह देती कि तेरा मन इतना कच्चा और शंकालु है तो तू अपना रास्ता ले। तुझे, प्रेम करना ही नहीं आता। यह क्या है?—रो रहे हैं, घुट रहे हैं, सह रहे हैं। कभी हृदय बदल जायेगा। वाह री श्रद्धा!"

पत्नी ने कहा, "लेकिन आख़िर उसने प्रेम के सामने समर्पण तो किया। श्रद्धा ने उसे जीता नहीं?"

. वह आवेश में बोलता गया, "भाभी, तुम कुछ नहीं जानतीं। तुम्हें सुखी गृहस्थी मिली है न! मैं जानता हूँ। मैंने देखा है कि पति स्त्री को ढोर सरीखा पीटता है, झूठे सन्देह पर उसका जीना मुश्किल

कर देता है, गाली देता है, लांछित करता है, अपमानित करता है, त्याग देता है। वह बेचारी सहती जाती है, ज़िन्दगी भर। पर उस नर पशु का हृदय नहीं बदलता। बिना उसका हृदय बदले ही वह किसी दिन इस दुनिया से चली जाती है। यहाँ आख़िर अत्याचार और नीचता की ही जीत हुई न?"

माँ को एक बात सूझी। बोली, "तू अपने पर से ही देख। पहले कैसा था और अब कैसा हो गया? तेरा हृदय बदला कि नहीं।"

उसने तपाक से उत्तर दिया, "मैं बदला, क्योंकि मेरे पास हृदय है। पर जिसके पास हृदय ही न हो, उसका क्या बदलेगा? पत्थर में कहीं श्रद्धा से नरमायी आयी है। उसका तो पीसकर चूर्ण ही बन सकता है। मैंने ऐसे आदमी देखे हैं। इनके लिए कोई उपाय नहीं है। अगर होता, तो राम रावण और बालि का वध क्यों करते? कृष्ण दुर्योधन से पाण्डवों की सुलह क्यों नहीं करा पाये? महाभारत ही क्यों हुआ? ये दोनों तो अवतारी पुरुष थे। वे जानते थे कि इनका सुधार इनकी मौत ही है।"

वह आवेग से काँपने लगा। मुट्ठियाँ बँध गयीं और श्वास की गति बड़ी तीव्र हो गयी। उसकी कल्पना में वही व्यक्ति आ गया होगा, जिसके लिए वह छुरी रखे रहता था। उस कल्पना से ही वह आपा खो बैठता था।

उसकी आदत से हम परिचित हो गये थे। ऐसे समय में हम मौन साध लेते थे। थोड़ी देर में वह स्वयं शान्त हो जाता।

वह यन्त्र-सा साथ चलता गया। हमारा घर आते ही उसने बिना कुछ कहे हमें छोड़ा और अपने घर की ओर आगे बढ़ गया।

उसकी ज़िन्दगी में एक नयी स्थिति आयी।

सामान्यतः हर आदमी की ज़िन्दगी में वह आती है। कुछ बन जाते हैं, कुछ बिगड़ भी जाते हैं। साधारण आदमी सबसे सुलझ लेता है। पर जिसका मन आवेग के साथ चीज़ों से सम्बन्ध जोड़ता है, उसकी हालत भिन्न होती है।

बात मुझे उस दिन शाम को मालूम हुई। मैं घर लौटा, तो विनोद बैठक में मेरा इन्तज़ार कर रहा था। बड़ा विचलित लगा।

मुझे देखते ही उछल पड़ा। बोला, "भाई साहब, एक अच्छी ख़बर सुनाने आया हूँ।" चेहरा उसका दमक रहा था। ख़ुशी की किरणें बिखर रही थीं।

"क्या बात है? सुनाओ।" मैंने पूछा।

" बात क्या है ! बस समझ लो हो गया।"

"क्या हो गया?"

"प्यार!"

"प्यार? किसका प्यार?"

"मेरा। और किसका? मैं किसी साले के प्यार की ख़बर क्या आपके पास लेकर आऊँगा?"

" तू पागल तो नहीं हो गया?"

" पागल तो हो ही गया हूँ। जो प्यार करके होश में रहे, उसे धिक्कार है।"

प्यार की बात वह इस तरह कर रहा था जैसे *बच्चे ने कोई* खिलौना पा लिया हो।

मैंने खीझकर कहा, "तेरी *बात का* कोई सिर-पैर भी है?"

"सिर तो है, मैं अभी बताता हूँ। पर पैर आपको ही ज़मीन पर टिकाने पड़ेंगे। मेरी यही तो ख़राबी है–मेरी बातों का सिर ही होता है; पैर न टिकने के कारण उड़ जाती हैं।"

मैंने कहा, "अच्छा, अभी ठहर। पहले चाय पी लूँ, फिर तेरे प्यार का इज़हार सुनूँगा।"

वह एकदम उठा और भीतर से चाय ले आया। मैं चुपचाप चाय पीने लगा। उसने जल्दी से दो-एक घूँट में प्याली ख़ाली कर दी। बोला, "अब कहूँ?"

"नहीं, चाय तो पी लेने दे।"

उसकी बाल-सुलभ आतुरता का मैं मज़ा ले रहा था।

वह कप-बसी बजाने लगा और कोई प्यार का फ़िल्मिया गाना गुनगुनाने लगा।

मैंने चाय पी ली।

वह बोला, "अब कहूँ?"

"नहीं, अभी पान तो खाया नहीं है।"

वह उठा और भीतर से पान ले आया। पान देते हुए बोला, "अब कहीं यह मत कहने लगना कि एक नींद ले लूँ, उसके बाद सुनाना। इतनी देर में तो मेरे प्राण ही निकल जाएँगे।"

मुझे हँसी आ गयी।

वह इसे बयान करने का संकेत समझकर कहने लगा, "भाई साहब, अनायास ही प्रेम हो गया–"

मैंने बात काटकर कहा, "देख भई, सिनेमा देखते-देखते तेरे दिमाग़ में अनायास प्रेम समा गया है। मेरे पास फ़िल्मी इश्क़ की कथा सुनने के लिए वक़्त नहीं है।"

वह बोला, "आप ज़रा सुनिए तो। मज़ा यह है कि यह बात बिल्कुल सच्ची है और फिर भी फ़िल्मी लगती है। फ़िल्म में ऐसा होता है न, किसी स्त्री को गुण्डे छेड़ रहे हैं कि एकाएक दीवार की आड़ से या झाड़ी के पीछे से नायक निकला और गुण्डों को मार भगाया। बस, फिर प्यार हो गया। आप जैसा मैं भी पहले इस पर हँसता था कि क्या गुण्डों और नायक के बीच पहले से 'एग्रीमेंट' हो जाता है, पहले से योजना बन जाती है। वरना आदमी दीवार की आड़ में खड़ा रहकर छेड़ने की राह क्यों देखेगा? पर मेरे साथ बिल्कुल ऐसा ही हो गया।

मैं जानता तो उसे कई दिनों से हूँ–मेरे *मुहल्ले के मोड़ पर* रहती है वह। पर *उससे प्यार कल की* घटना से हुआ। मैं शाम *को* तालाब के किनारे बैठा था। *सूरज ढल* रहा था। पास में सड़क है। एकाएक तभी किसी स्त्री की आवाज़ सुनायी दी। मैं ज़रा नीचे की ओर बैठा

था, इसीलिए सड़क से दिखता नहीं था। मैं एकदम खड़ा हुआ तो क्या देखता हूँ कि ज़रा दूर पर दो गुण्डे एक स्त्री को तंग कर रहे हैं। दो-चार छलाँग में मैं पहुँच गया। वे गुण्डे मुझे देखते ही साइकिल पर डबल चढ़कर भागे। मैंने अपने हाथ का डण्डा साइकिल के 'स्पोक' में घुसेड़ दिया। 'स्पोक्स' कट-कट करके टूटे और वे दोनों जमीन पर आ गये। दोनों को मैंने उमचा और जब उस लड़की की ओर ध्यान से देखा तो अवाक् रह गया। वही थी जिसे मैं रोज़ देखता था। मैं उसे घर तक छोड़ने चला। दोनों चुप। किसी का मुँह नहीं खुलता था। आख़िर मैंने ही पहले मुँह खोला, 'तुम बहुत घबड़ा गयी थी। तब तुम क्या सोचती थी? क्या होगा?' भाई साहब, उसका जवाब अभी तक मेरे कानों में गूँज रहा है। उसने कहा–'मैं सोचती थी कि आप ज़रूर आएँगे और मुझे बचा लेंगे।' बस फिर तो बातें करते ही गये। कल जब दफ़्तर जाने को निकला, तो वह खिड़की में खड़ी मेरी राह देख रही थी। मुझे देखते ही मुस्कुराकर हाथ जोड़ दिये। और आज दफ़्तर से लौटते वक़्त तो मेरी उससे बात भी हुई। भाई साहब, वह इतनी अच्छी है, इतनी अच्छी है-कि बस-कहते ही नहीं बनता।"

मैं चुपचाप सुन रहा था। वह चुप हुआ तो मैंने कहा, "अच्छा, अब आप इश्क़ भी फ़रमाने लगे। सिनेमा के शौक़ीनों का यही हाल होता है। उन्हें गली-कूचों में प्रेम की नदियाँ बहती दिखती हैं।"

वह ज़रा निराश हुआ। कहने लगा, "आप तो भरोसा ही नहीं करते। सच कहता हूँ–एकदम प्यार हो गया है। प्यार की पहिचान तो पशु तक को होती है; फिर मैं तो आदमी हूँ।"

"अच्छा ठीक है, मैंने मान लिया कि तेरा प्यार हो गया है। किससे हो गया है?"

" एक लड़की से।"

"उसका नाम? पता?"

"वह मैंने सब उससे पूछ लिया है। नाम–सुषमा, बाप का नाम–ना मालूम, बिल्कुल मेरी ही तरह! रहती है यहाँ से तीसरे बिजली के खम्भे से दाहिनी ओर मुड़ने वाली सड़क पर मोड़ से पाँचवें खम्भे के सामने। *चाचा के पास रहती है। दरवाज़े पर* चाचा की नेमप्लेट *पर लिखा है शिव प्रसाद वर्मा हेडकलर्क*...इतना तो पता *पुलिस भी नहीं दे सकती।* और कुछ?

"बस काफ़ी है, मैं समझ गया। बताओ क्या करूँ अब?"

"करने को तो मैंने कुछ नहीं कहा। सुनने को कहा था।"

कवि और प्रेमी सुनाये बिना चैन नहीं पाते। काव्य और प्रेम दोनों में आनन्द की अभिव्यक्ति होती है और आनन्द का स्वभाव विस्तार का है। सुनाकर वह काफ़ी सन्तुष्ट हो गया था।

पूछा, "तू अब क्या करेगा?"

वह बोला, "बस, प्रेम करूँगा।"

"कब तक?"

"हमेशा, जीवन भर, बल्कि उस जन्म में भी।"

"तुमसे जीवन भर प्रेम करने के लिए वह उसी घर में बैठी रहेगी?"

वह चौंक उठा। बोला, "हाँ, यह बात तो मेरे ध्यान में ही नहीं आयी थी। मैंने कहा था न–मेरी बात का सिर होता है, पैर नहीं। पैर का प्रबन्ध आपको करना पड़ेगा।"

"अब तू जा। पहले मुझे पैर टिकाने के लिए ज़मीन खोज लेने दे। फिर बात करूँगा।"

वह डूबता जाता था। रोज़ शाम को वह मुझे अपने प्रेम के हालात सुनाता। वही-वही बात कई बार कहते वह थकता नहीं था। मैं नहीं जानता था कि उस जैसा बेपरवाह, स्वतन्त्र वृत्ति का अक्खड़ आदमी इस तरह बँध जायेगा। मेरा ख़याल था, यह नशा जल्दी ही उतर जायेगा। पर वह बढ़ता ही जाता था। वह बदल रहा था। उद्धतता अब बिल्कुल समाप्त हो गयी थी; उसकी आँखों में पहले जैसा क्रूर भाव मैंने कई दिनों से नहीं देखा था, उसके व्यवहार में बड़ा पालिश आ गया था। सोच समझकर बोलता था; ज़िम्मेदार आदमी जैसा व्यवहार करता था। गम्भीर हो चला था। उसके मुख का खुरदरापन मिट गया था, कोमलता आ गयी थी। वह पहले से अधिक सुन्दर भी हो गया था। प्रेम ने उसके तन-मन को उजला कर दिया था।

मेरे पास बैठता तो मुझे अनुभव होता कि उसके मन में उल्लास की हिलोरें उठती हैं।

सुषमा के बारे में मैंने कुछ पता लगाया था। माँ-बाप नहीं थे, चाचा के आश्रय में रहती थी। हमारे संयुक्त परिवारों में, जिससे आमदनी नहीं बढ़ती, उसकी बड़ी *उपेक्षा* और विडम्बना होती है–

वह *चाहे बेटी हो या बेटा। लड़की तो और भी मुसीबतें* ले आती हैं। इस लड़की को सुबह से शाम तक काम करना *पड़ता था; ऊपर से* सबके ताने और अपमान। बिलख गयी थी, इसलिए अधिक पीड़ित रहती थी। ऐसी परिस्थितियों में कम प्राणशक्ति वाला टूट जाता है; पर जिसकी आत्मा में बल होता है, उसमें बड़ी चारित्रिक दृढ़ता आ जाती है। इसका व्यक्तित्व बड़ा खरा निर्मित होता है।

यह लड़की बड़ी मज़बूत थी। संकटों में अर्जित बल का ही प्रभाव था कि वह ऐसे निरंकुश, ऊबड़-खाबड़, मनमौजी व्यक्ति को अभिभूत कर सकी थी, बाँधे थी।

उनकी भेंट कभी-कभी हो जाती थी। विनोद उस दिन आपे में न होता। सुनाने के लिए मुझे ढूँढ़ता फिरता।

उस लड़की से पत्नी की कहीं दूर की रिश्तेदारी थी। एक दिन मैंने अप्रकट रूप से उस लड़की के विवाह आदि के बारे में बात की, तो उसने मुझे बताया कि किसी भी प्रकार शिव प्रसाद बाबू उसे टाल देना चाहते हैं–उनकी अपनी दो लड़कियों का रास्ता रुका है। उसका ख़याल था कि साल भर के भीतर उसके 'पीले हाथ' कर दिये जायेंगे।

तब इस प्रेम-वीर का क्या होगा? यह क्या करेगा? यही मैं सोचता था।

एक दिन कहने लगा, "भाई साहब, मैं उसकी तुलना में बहुत हीन हूँ। मुझे उसके योग्य बनना होगा। वह बड़े-से-बड़े संकट को शान्ति से सह लेती है और मैं ज़रा-सी आँच से उबल पड़ता हूँ।"

मैंने कहा, "अभी तक तो तुम दुनिया में अपने से श्रेष्ठ किसी को समझते ही नहीं थे।"

"हाँ, ऊँट पहाड़ के पास आ गया न अब!"

उसका अहं विसर्जित हो रहा था। इसके बिना न प्रेम होता है, न भक्ति होती है।

प्रेम को हज़ार आँखें देखती हैं, द्वेष का कोई ख़याल नहीं करता। यह मामला धीरे-धीरे सब पर प्रकट होने लगा। दोनों परिवारों में चर्चा होने लगी। माँ और पत्नी कई बार मुझसे कह चुकी थीं, कि अगर कुछ गड़बड़ हुई, तो हम लोगों को कलंक लगेगा। विनोद हमारे परिवार का सदस्य सरीखा ही हो गया था। पास ही के मकान में रहता था और भोजन हमारे यहाँ करता था।

शिव प्रसाद बाबू ने भी एकाध बार मुझ पर चिन्ता प्रकट की थी। वे लड़की को टालना तो चाहते थे, पर इस तरह कि उनकी नाक ऊँची रहे और लोग प्रशंसा भी करें कि भाई की लड़की के लिए बाबू साहब ने बहुत किया। घर-बैठे यह अच्छा लड़का उन्हें मिल गया था, इसलिए वे प्रसन्न थे। पर इसके माँ-बाप, कुल, शील आदि का कोई पता नहीं था। उन्होंने भी ज़िम्मेदारी मुझे सौंप दी।

पर मुझे अभी इस लड़के के मन का ही ठीक पता नहीं था। जो हत्या करने के लिए छुरी पैनी करता रहता है, वह क्या विवाह करेगा।

एक दिन मैंने उससे कहा, "उस लड़की का जल्दी ही विवाह हो जायेगा।"

वह चौंककर बोला, "फिर?"

"फिर क्या? फिर तुम सिनेमा के गानों की इकन्नी वाली किताब ख़रीद लेना और तालाब के किनारे पागल जैसे विरह गीत गाते हुए घूमना।"

वह हँसते हुए बोला, "भाई साहब, आप तो प्रेम का भी मज़ाक़ उड़ाते हैं। आपने कभी प्रेम किया होता तो जानते।"

"तू मुझी को सिखाने चला है। प्रेम ही नहीं किया? तीन बच्चे का बाप हूँ।"

"उससे क्या होता है। यह तो विवाह हुआ, प्रेम नहीं। जिससे विवाह ही कर लिया, वह क्या प्रेम की चीज़ होती है।"

"तो तू जिससे प्रेम करेगा, उसे पत्नी नहीं बनायेगा?"

"बनाऊँगा क्यों नहीं ? पर प्रेम तो करूँगा पहले। मेरा क्रम है–प्रेम फिर विवाह। आपका विवाह फिर बच्चे। प्रेम की 'स्टेज' ग़ायब।"

मैंने कहा, "मज़ाक़ छोड़। यह बता–तूने भविष्य के बारे में कुछ सोचा है?"

"किसका भविष्य?"

"तेरा और उसका–दोनों के लिए सोचने की ज़िम्मेदारी तेरी है।"

"मैं क्या बताऊँ? इतना जानता हूँ कि वह मेरी है और रहेगी।"

"मैंने ज़रा डाँटकर कहा, "देख, सिनेमा के 'डायलाग' में बातें मत कर। ऐसा कहने से तेरे फ़िल्मों में काम चल जाता है दुनिया में नहीं चलता। तू उससे विवाह करेगा?"

वह सोचकर बोला, "यह तो मैंने सोचा नहीं था। ख़ैर, इसके बिना अगर न चला, तो यह भी कर लूँगा।"

मैंने बात आगे बढ़ायी, "पर वे लोग तेरे माता-पिता, कुल आदि के बारे में कुछ नहीं जानते।"

"उन्हें इससे क्या मतलब? प्रेम तो उनकी लड़की से है, उनसे तो नहीं है।"

"पर अगर वे इस कारण अपनी लड़की देने से इनकार कर दें तो?"

"आप भी, भाई साहब, न जाने कैसी बातें करते हैं। लड़की कोई 'प्रापर्टी' है कि देना या न देना उनके हाथ में हो। मैं उसे लेकर भाग जाऊँगा। मुझे कौन रोक सकता है?"

मैं हँसा। वह मेरे मुँह की ओर क्रोध से देखने लगा। मैंने कहा, "सुभद्रा-हरण और संयोगिता–हरण का ज़माना गया। अब जमाना बदल गया है।"

"कहाँ बदल गया है? अब भी तो लोग शादी के लिए सात पीढ़ियों का इतिहास पूछते हैं।"

वह तुनक गया था।

मैंने समझाया, "देख भई, मैंने तो तुमसे कहा नहीं था कि तू जाकर प्रेम करने लग। तूने ही किया है। एक लड़की की ज़िन्दगी का सवाल है–उसे तू बहुत प्यार भी करता है। मान लो वे शादी करने को राज़ी हो गये। पर यह जो छुरी तू रखे रहता है, उसका क्या होगा?"

वह उत्तेजित हो उठा। मैं उसकी प्रतिक्रिया देखना चाहता था। उसने आवेश में कहना शुरू किया, "उसे नहीं छोड़ सकता। वह काम तो मुझे करना ही है। बिना उसकी हत्या किये मुझे शान्ति नहीं मिल सकती। मेरी माँ क्या कहेगी ? मैंने अपनी आँखों से माँ की लाश झूलती हुई देखी है।" माँ ने कमरे में प्रवेश किया। वह चुप हो गया।

माँ ने यों ही हँसी में कहा, "विनोद, अपने पिता का नाम-पता तो बता दे। उन्हें बुलाना होगा, तब तो शादी होगी।"

वह ज़ोर से चिल्लाया, "मुझे नहीं करना है, शादी-वादी ! पिता की कोई ज़रूरत नहीं है। मैं उनका मुँह भी देखना पाप समझता हूँ।"

इस बार वह मन को दबा नहीं पा रहा था। उत्तेजना में उसका नियन्त्रण ढीला पड़ता जाता था।

मैंने ज़ोर दिया, "नहीं, उन्हें तो बुलाना ही होगा। मैंने उनका पता-ठिकाना मालूम कर लिया है। उन्हें कल ही लिख रहा हूँ।"

वह घूरकर मेरी ओर देखने लगा। होंठ फड़कने लगे। चेहरा लाल हो गया। मुट्ठी कस गयी

बोल उठा, "नहीं, हरगिज़ नहीं। वे अगर यहाँ आये तो मैं उनके कलेजे में छुरी घुसेड़ दूँगा।"

माँ और मैं स्तब्ध रह गये। उसने मुँह को हथेलियों से ढँक लिया और कराहने लगा। अपनी ही बात से वह भयभीत हो गया था। कोई तीन-चार मिनिट वह ऐसे ही बैठा रहा। हमने उसे छेड़ा नहीं।

फिर उसने सिर उठाया। उसकी आँखों में अंगारे थे। चेहरे पर गहरा विषाद और क्रोध !

उसने धीरे-धीरे कहना शुरू किया, "मुँह से बात निकल गयी। अब तक उसे छिपाये रखना चाहता था। मगर अपने आप पर मेरा ही वश नहीं *रहा*। हाँ, मैं कहता हूँ, कि मुझे अपने बाप की हत्या करना है।"

मैंने कहा, "क्यों? उन्होंने क्या किया है?"

वह बोला, "उन्होंने ऐसा काम किया है कि उन्हें जीने का एक दिन भी हक़ नहीं है। अभी तक उन्हें मैंने जीने दिया, यह मेरी ग़लती थी। उन्होंने मेरी माँ की ज़िन्दगी को असह्य बनाया और फिर उसकी जान ले ली।"

एक बार वाणी खुल जाने पर कोई रोक नहीं थी। यह उसका स्वभाव था। उस कमरे में, शाम के धुँधले में, वे दर्दनाक बातें उसने बतायीं, जिन्हें वह हृदय की किसी भीतरी परत में बन्द किये था—

"पिता जी सरकारी कर्मचारी थे। मेरी छोटी बहिन और मैं–दो सन्तानें थीं। बहिन की मोतीझिरा से मृत्यु हो गयी थी। पिता जी का वेतन मामूली था, पर ख़र्च चौगुना। घर का फ़र्नीचर बहुत क़ीमती–कपड़े हम लोग बहुत बढ़िया पहिनते। आठवीं कक्षा में जब मैं आया, तब मुझे मालूम हुआ कि मेरे पिता जी घूस लेते हैं। कक्षा में हमारे

शिक्षक कोई प्रसंग निकलने पर, घूस लेने वालों पर फब्तियाँ कसते, उन्हें नीच, पापी और बेईमान कहते, तो मैं माथा झुका लेता। बड़ी ग्लानि होती कि मेरे पिता घूस लेते हैं। जब वे मेरे लिए बढ़िया कपड़े लाते, तो उन्हें पहिनते मुझे बड़ी झिझक होती।

मैं पढ़ने में बहुत तेज़ था और ख़ूब खिलाड़ी भी। शरीर तो आप देख ही रहे हैं। मैं बड़े लाड़-प्यार में पला। पिता जी मुझे बेहद प्यार करते थे–इकलौता लड़का था। मैं ध्यान से माँ-बाप की बातें सुना करता। माँ उन्हें बहुत समझाती थी–'यह पाप का पैसा घर में मत लाओ। यह कुटुम्ब का नाश कर देता है। हमें रईसों की तरह नहीं रहना। किसी दिन कहीं पकड़े गये, तो तुम जेल जाओगे, और हम गली-गली टुकड़े माँगेंगे।' पर वे उसकी सुनते नहीं थे। अकसर मैं देखता कि माँ आँखों में आँसू भरे उन्हें समझातीं और वे उसे 'बेवकूफ़' कहकर दूर हटा देते।

पैसा बढ़ता जाता था और उसके साथ ही पिता जी के दुर्गुण। एक दिन मैंने जाना कि वे शराब भी पीने लगे हैं। उस दिन मुझे उनके पास से निकलने में भी घृणा लगी। तमाम किताबों में शराब की ख़राबियाँ *बतायी गयी हैं। शराब के साथ शराबी भी घृणा का पात्र है।*

पिता जी बहुत देर से घर लौटते और अक्सर *नशे में धुत। माँ* उन्हें समझाती *कि शराबख़ोरी की* आदत छोड़ दो पर *वे उसे उल्टे गालियाँ* देते। मेरी माँ द्वार पर देर *रात तक* बैठी रहती। पिता जी बेहोशी में आते तो वह उनका कोट उतारती, जूते खोलती। और पिता जी नशे में बड़-बड़ाते। वह उनसे भोजन करने का आग्रह करती और वे उसे दुतकारते। वे किसी होटल में अक्सर खा आते।

माँ को मेरी चिन्ता विशेष थी। वे नहीं चाहती थीं कि मुझे यह सब मालूम हो और मेरे मन पर इसका प्रभाव पड़े। वे मेरे सामने उनसे बात नहीं करती थीं। रात को भी पिताजी से हाथ जोड़कर कहतीं कि धीरे बोलो; अगर लड़का सुनेगा, तो उस पर क्या असर पड़ेगा? पर पिताजी को होश ही नहीं रहता था। मैं उत्सुकता वश किवाड़ से कान लगाकर सब सुना करता और कमरे में आकर घण्टों बैठा-बैठा सोचा करता।

मेरी माँ किस क़दर अच्छी थीं! पिता जी की कितनी सेवा करती थीं! मुझे कितना प्यार करती थीं! वे मुझे पिता जी के दुर्गुण की छाया से बचाने का भरसक प्रयत्न करती थीं। कभी मैं अनावश्यक जिज्ञासा बतलाता, तो वे डाँट देतीं, 'हट, तुझे बड़ों की बातों से क्या मतलब! तू तो ख़ूब मन लगाकर पढ़। ख़ूब बेफ़िक्री से खेल !' मुझे माँ की आँखों में गहरी विषाद की छाया दिखती।

मुझे पिता जी के साथ बैठने में न जाने कैसा लगता था। मेरे मन में एकदम आता कि यही रात को शराब पीकर अनाप-शनाप बकते हैं। शराब में उनका बहुत पैसा ख़र्च होने लगा और उसी क्रम से उनकी घूस बढ़ने लगी। माँ के मन में हमेशा आशंका बनी रहती। पिता जी को दफ़्तर से लौटने में ज़रा देर हो जाती तो, वे घबरा उठतीं। बार-बार द्वार पर आकर देखतीं। कभी-कभी मुझे दफ़्तर भेजकर दिखवातीं। कभी कोई पुलिसवाला सामने से निकलता, तो वे सशंकित हो जातीं।

मैं मैट्रिक में था। एक दिन रात को देर से लौटा तो द्वार पर पहुँचते ही मेरे कानों में माता-पिता की लड़ाई की भनक पड़ी। माँ

कह रही थीं, तुम उस चुड़ैल के यहाँ क्यों जाते हो ? कितनी बदनाम औरत है वह। कितनों को उसने बेवकूफ़ बना रखा है। जबसे यह पाप का पैसा घर में आ रहा है, तब से घर में आग लग गयी है। पिता जी लड़खड़ाती आवाज़ में चिल्लाये, किस साले ने कहा तुझसे कि मैं उसके यहाँ जाता हूँ? और जाता हूँ तो क्या गुनाह करता हूँ? कौन यहाँ *सन्त है?...*

मैं उस समय तक समझने लग गया था। मैं समझ गया कि पिता व्यभिचारी हैं। किसी दुश्चरित्र स्त्री के यहाँ जाते हैं। मुझे बड़ी ग्लानि हुई। अभी तक मैं सहपाठियों में सिर उठाकर चलता था। मेरा बड़ा सम्मान था। मैं सोचने लगा कि अगर इन्हें पता लग जाये कि मेरे पिता शराबी और व्यभिचारी हैं, तो ये मेरे बारे में क्या सोचेंगे? वे न जानते हों, पर मैं तो जानता था। मेरा माथा अपने आप नीचा हो गया। मेरी बातचीत, व्यवहार-बर्ताव में हीनता का भाव आने लगा।

अब अक्सर रात को माँ और पिता जी की बहस छिड़ जाती। पिता जी उन्हें गाली देते और वह समझातीं। वे रात का खाना दोस्तों के साथ ही क्लब में या होटल में खा आते। फिर भी माँ रोज़ खाना बनाकर उनके लिए बैठी रहतीं। शायद भूखे ही आवें? उनके आने के बाद अक्सर झगड़ा शुरू हो जाता और माँ भूखी ही सो जातीं।

दिन-पर-दिन हाल बिगड़ता ही गया। पिता जी माँ को पीटने भी लगे थे। एक दिन मैंने सुना–वे गाली बक रहे थे और पीट रहे थे। और माँ मेरे कारण रो भी नहीं पाती थीं। इतना सहकर भी वे कभी उनका अनादर नहीं करती थीं। उन्हें सुधारने का प्रयत्न करती रहतीं।

एक दिन मैंने उनके हाथ पर छड़ी की चोट के निशान देखे।

मैंने कहा, 'माँ, यह क्या है?' वे झट साड़ी में हाथ छिपाकर बोलीं, 'कुछ नहीं ! हाथ सिरहाने रखकर लेट गयी थी, इसलिए निशान बन गया है।' मैं उनका मुँह देखने लगा। उनकी आँखों से बरबस आँसू टपक पड़े। वे झट सँभल गयीं। मेरे सिर पर हाथ फेरती हुई बोलीं, 'तुझे इससे क्या मतलब! तू तो ख़ूब मन लगाकर पढ़। पढ़-लिखकर ख़ूब बड़ा आदमी हो जाना, तब मैं तेरे पास ही रहूँगी।'

विनोद का गला रुँध आया था। आँखें सजल हो गयीं। उसने आँसू पोंछे, गले को साफ़ किया और फिर कहने लगा—

"माँ के मुख पर फिर मैंने कभी हँसी नहीं देखी। वे चुपचाप मशीन की तरह काम करती रहतीं। पिता जी से उनकी बातचीत भी कम होती। वे घर की पूरी तरह अवहेलना करने लगे थे। माँ बड़ी असहाय अवस्था में थीं। कोई उनका अपना नहीं था, जिससे कहकर वे दुःख हलका कर लेतीं, जिससे सहायता और सहानुभूति पा सकतीं। मेरी एक विधवा मौसी थीं जो कभी-कभी आतीं, दो-चार दिन रहकर यहाँ का रंग-ढंग देखकर वापस गाँव लौट जातीं।

पिता जी के एक चेचरे भाई का *तबादला* वहीं का हो गया। वे पिता के *पास* रहकर पढ़े थे और उनका पिता जी *बहुत* आदर करते थे।

एक दिन वे माँ के पास आये। मैं वहीं बैठा था। अब मुझसे कुछ छिपाया नहीं जाता था। मैं सब जान गया था। माँ कभी-कभी पिता जी के अड्डों पर मुझे उन्हें देखने भी भेजती थीं।

मैं उन्हें 'छोटे चाचा' कहता था। उनका नाम है—राधेश्याम। वे माँ से बोले, 'भाभी, भैया का यह क्या हाल है? मुझे गये 3-4 साल

ही हुए हैं। इतने में ही ये इतनी ग़लत राह पर चले गये! तुम क्यों ध्यान नहीं देतीं? वे बरबाद हो रहे हैं, हमारा घर बरबाद हो रहा है।' माँ ने उन्हें अपनी विवशता बतायी। वे बोले, 'खैर, अब मैं आ गया हूँ। मैं उन्हें ठीक राह पर लाये बिना चैन नहीं लूँगा,' वे पिता जी को बहुत प्यार करते थे, उन पर अधिकार भी मानते होंगे। इसी कारण शायद उन्हें दूसरे दिन समझाया हो। रात को पिता जी बहुत पीकर और बहुत ग़ुस्से में आये। द्वार से ही उनका बड़बड़ाना शुरू हो गया। मैं जाग रहा था। कमरे में पहुँचते ही उन्होंने माँ को एक थप्पड़ मारा और चिल्लाये–'तूने राधेश्याम से क्या कहा था? बोल!...मेरी बदनामी करती है! मेरी शिकायत करती है!' कितनी ही गालियाँ बकते रहे। माँ चुपचाप सहती गयीं। एकाध बार समझाने के लिए बोलीं, तो फिर थप्पड़ पड़ा।

मैं बिल्कुल निर्जीव-सा पलंग पर पड़ गया। नींद भाग गयी थी। सोचता था कि कहीं माँ को लेकर चला जाऊँ। मेहनत-मज़दूरी करके दोनों का पेट पाल लूँगा। इस सांसत से तो जान को छुटकारा मिलेगा।

सबेरे मैंने माँ से कहा, 'माँ, मैं तो यहाँ अब नहीं रह सकता। तू तो मेरे साथ चल। मैं कहीं काम करूँगा और तू मज़े से रहना।' वे बोलीं, 'तू ख़ूब पढ़ तो ले। फिर तेरे ही पास रहूँगी...पढ़ाई बीच में नहीं छोड़ना चाहिए।' मेरा सिर गोद में लेकर बालों को सहलाती हुई बोलीं, 'विनोद, अब तो तू बड़ा हो गया है। कालेज में पढ़ता है। मैं नहीं भी रही, तो तू अपनी पढ़ाई तो करता जायेगा न?' मैंने मुँह घुमाकर उनके मुख को देखा। वे आँचल से आँसू पोंछ रही थीं। मैंने कहा, 'माँ, तू कहाँ चली जाएगी। मुझे छोड़कर तू नहीं जा सकती।' उन्होंने कोई जवाब नहीं दिया।

मेरे छोटे चाचा पिता जी को सुधारने की कोशिश में लगे थे। वे उनसे कई बार इस बारे में कह चुके थे। कभी-कभी गरम बहस भी हो जाती थी। पिता जी सारा ग़ुस्सा आकर माँ पर उतारते।

पिता जी मेरी माँ के चरित्र पर भी सन्देह करने लगे थे। यह मुझे बहुत पीछे मालूम हुआ। छोटे चाचा को उनके मामले में इतनी दिलचस्पी लेने तथा माँ का पक्ष लेने के कारण ही उनकी धारण बनी होगी।

आख़िर वह रात आयी, जिसे मैं कभी नहीं भूलता। उस रात की एक-एक घटना, एक-एक बात मुझे याद है। मैं रात को देर तक पढ़ रहा था। अचानक दरवाज़ा ज़ोर से खुला और पिता जी बकते हुए भीतर आये। उनके हाथ में छड़ी थी। उस दिन उन्होंने मेरा भी ख़याल नहीं किया। वे माँ को छड़ी से पीटने लगे। वे पागल जैसे हो गये थे। बहुत ज़ोर से बड़बड़ाते जाते थे–'हरामख़ोर, बदलचलन, कुलटा! जा उसी के साथ क्यों नहीं रहती? इतना प्रेम है न? उस बदमाश को मेरे पीछे जासूस की तरह लगा रखा है। आज वह क्लब में जाकर मुझसे बहस करने लगा। मुझ पर पाबन्दी लगा दी है। पापिन, तू मुझे ज्ञान सिखाती है। जा उसी के साथ !' वे फिर बेंत मारने लगे। माँ बोल नहीं पा रही थीं। वे ज़मीन पर गिर पड़ीं। फिर भी जब पिता जी ने मारना बन्द नहीं किया, तो मैंने जाकर बेंत पकड़ लिया। पता नहीं क्या सोचकर वे बेंत वहीं छोड़कर अपने कमरे में चले गये।

माँ उठी। कपड़े ठीक किये। वे आश्चर्यजनक ढंग से शान्त थीं। उन्होंने मुझसे बड़े धीमे कहा, 'जा बेटा, सो जा।' इसके बाद वे धीरे-धीरे अपने कमरे में चली गयीं। मैं जाकर लेट गया। मेरी नींद

भाग गयी थी। न जाने कब तक जागता रहा और न जाने कब नींद लग गयी।

सबेरे काफ़ी जल्दी अचानक मेरी नींद खुल गयी। एक अज्ञात आशंका से मैं एकदम माँ के कमरे में गया। धक्का देते ही दरवाज़ा खुल गया–सामने उनकी निर्जीव देह रस्सी से झूल रही थी।"

वह रुका। उसका बड़ा बुरा हाल था। माँ भी आँसू पोंछ रही थीं। वह माथा नीचा किये बैठा था।

उसने फिर सिर उठाया और बोला, "इसके बाद जो रस्म अदा होती है, वह हुई। तरह-तरह की बात बनाकर पिता जी बच गये। मैं पागल-सा हो गया था। घर के यहाँ-वहाँ से आयीं औरतों की खुस-फुस मैंने सुनी। माँ के बारे में वे अच्छा नहीं कहती थीं ।

आप मेरी वेदना का अन्दाज़ नहीं कर सकते–मैं, जिसका पिता शराबी और व्यभिचारी हो; जिसकी माता व्यभिचारिणी हो! मैं जीवित कैसे रहूँ? मेरा दम घुटने लगा। असीम श्रद्धा की पात्र मेरी माँ के बारे में ये लोग क्या कहते हैं! क्या वे वास्तव में वैसी थीं? अगर थीं, तो मुझे इसी क्षण जीवन का अन्त कर लेना चाहिए। मैं उस समय आत्म-हत्या करने पर तुल गया था। पर मेरा मन कहता था कि मेरी माँ अत्यन्त पवित्र थीं।

मैंने अपनी उसी मौसी से एकान्त में पूछा, 'मौसी, तुम ईश्वर की क़सम खाकर बताओ, यह जो माँ के बारे में बात सुनी जा रही है।' मौसी ने कानों पर हाथ रखकर कहा, 'बेटा, ये सब झूठे और पापी हैं। सबसे बड़े झूठे और नीच हैं, तेरे बाप। वह साध्वी थी; परम

पवित्र। तेरे बाप ने झूठे शक पर उसकी जान ले ली। वह साध्वी उनके मुख से ऐसी बात सुनते ही इस संसार से ख़ुद ही चल दी।'

मैं वहाँ से उठा, तो मेरा मन अपने पिता के प्रति घृणा और हिंसा से भर गया। मुझे लगा कि मैं उन्हें मार डालूँ और फिर स्वयं मर जाऊँ। बार-बार माँ का मुख मेरी कल्पना में झूल जाता; फिर उनका वह रस्सी से टँगा हुआ निर्जीव शरीर! मैं पागल हो गया। मैंने जाकर दीवार से सिर दे मारा। मेरे रोम-रोम में आग जल रही थी; मेरे भीतर भयंकर रूप से क्रोध और प्रतिशोध उमड़ रहे थे। पिता जी अगर उस वक़्त घर में होते तो मैं उन्हें उसी वक़्त मार डालता।

वहाँ मेरा दम घुटने लगा था। एक क्षण ठहरना मुझे असह्य लग रहा था। मैं उठा और चल दिया।

मुझे होश नहीं था। मैं अन्धे की तरह चला जा रहा था। मैं स्वयं बाप की मौत टालकर आ गया। लेकिन मेरे भीतर ज्वाला सुलगती रही। दिन-पर-दिन मेरा प्रतिशोध बढ़ता रहा है। मैं अगर उसके सामने पहुँच जाऊँ, तो अपने को रोक नहीं सकता। मैं उसके कलेजे में ज़रूर छुरी भोंक दूँगा। वह मेरा बाप नहीं, दुश्मन है। मैं उसे छोड़कर, उसके प्राण लिये बिना चला आया, इतना कर्तव्य पुत्र का मैंने अदा किया। मगर अब वह बहुत जी लिया। अब मैं उसके प्राण लेकर रहूँगा। यह छुरी मैंने उसी के लिए रखी है।"

वह बिल्कुल शिथिल हो गया। क्रोध और उत्तेजना से वह पसीने–पसीने हो गया था। दम लेकर वह बोला, "अब मैं तुमसे पूछता हूँ, माँ, मैं अगर बाप की हत्या करूँ, तो कोई ग़लत काम करूँगा?"

वह माँ के मुख की ओर देख रहा था। वह उत्तर चाहता था।

माँ ने बड़ी दृढ़ता से कहा, "नहीं!" वह माँ के पैरों से लिपट गया। रोते-रोते कहने लगा, "माँ, तुमने मेरी पीर समझी है। तुमने सच्चा न्याय किया है।"

माँ ने उससे कहा, "*अब तू बिलकुल शान्त हो जा।* पहले तू जाकर हाथ-मुँह धो ले। *जल्दी आ जा, तुझे खाना खिला दूँ। तूने सारी बात बता दी।* अब तू आराम से सो जा। *बाद में बैठकर* आगे की सोचेंगे।"

वह काफ़ी हल्का हो *गया था। उसके* मन में जो इतने दिनों से *चल रहा था,* वह उसने कह दिया। माँ के उत्तर ने उसे बड़ी सान्त्वना दी। उसका आवेश बहुत ठण्डा पड़ गया था।

दूसरे दिन माँ ने उसे बुलाया। आज वह शान्त लग रहा था। पर चेहरे पर दुःख की छाया स्पष्ट थी। माँ ने उसे याद दिलाया। फिर पूछा, "क्यों विनोद, तेरे पिता ने तेरी खोज नहीं की?"

"बहुत की! पर मैं यहाँ से वहाँ घूमता रहा। इस शहर में तो सिर्फ़ दो साल से हूँ। अब उन्होंने मुझे मरा या खोया हुआ मान लिया है।"

"तो अब तेरा इरादा क्या है? पिता पर अभी भी तुझे वैसा ही क्रोध है? अभी भी तू उन्हें दण्ड देना चाहता है?"

"हाँ माँ, यह निश्चय किसी प्रकार बदल नहीं सकता।"

"लेकिन मुझे ऐसा समझ में आता है कि बाप का इकलौता बेटा यदि उसे छोड़ दे, तो उस बाप के लिए यही बहुत बड़ा दण्ड है। उसके लिए जीवित मृत्यु हो जाती है।"

"होती होगी। मेरे पिता दूसरे क़िस्म के हैं, उनका अपराध दूसरे क़िस्म का है। मेरी माँ की आत्मा को शान्ति कैसे मिलेगी?"

"देख, मैं भी माँ हूँ। मैं ज़्यादा अच्छी तरह जानती हूँ कि माँ की आत्मा को शान्ति किस बात से मिलती है। माँ की आत्मा को शान्ति इससे कभी नहीं मिलती कि उसका बेटा हत्या करे और फाँसी पर टँगे। उसे तब शान्ति मिलती है जब लड़का सुख से रहे; अच्छा आदमी बने।"

माँ धीरे-धीरे बहुत सहानुभूति से उसके मन को थपथपाती गयीं। उसका विरोध करने से वह गरम हो जाता है। माँ ने उसकी बात मान ली थी, इसलिए उनकी बातों को वह बड़ी शान्ति से सुन रहा था। पर उसका हठ अभी टूटा नहीं था।

वह बोला, "तुम्हारी बात ठीक हो सकती है, माँ! पर मेरे लिए कोई दूसरा रास्ता नहीं है। मुझे माँ का यह ऋण चुकाना है।"

माँ ने कहा, "तेरी माँ क्या मुझसे कुछ भिन्न थीं? क्या वे यही चाहती होंगी कि तू पिता की हत्या करे? तेरे कहने से तो मालूम होता है कि वे देवी थीं। उन्होंने अब तक माफ़ कर दिया होगा।"

वह बोला, "वे माफ़ कर सकती हैं; *मैं माफ़ नहीं कर सकता।*

मेरे पिता ने मेरी *माँ पर अत्याचार किया है।* मेरी आत्मा, आस्था *को कुचल दिया है*...ज़िन्दगी को बिगाड़ *दिया है। पिता जी ने मेरी* माँ को छीना, मुझे पाप और *घृणा संस्कार के रूप में दिये। उन्होंने मुझे* बड़े घृणित और हृदयविदारक दृश्य दिखाये हैं। मेरे भीतर ज्वाला धधक रही है; वह शान्त नहीं हो सकती। मैं अपने आप को ख़ूब समझाता हूँ, पर मेरा मन किसी क़दर नहीं मानता।"

मैं अब बोला, "तो तेरे कहने का यह मतलब हुआ कि अपनी प्रतिशोध की ज्वाला को शान्त करना चाहता है। ठीक है, कर। माँ, मुझे ऐसा लगता है, कि विनोद के इस निश्चय से हमारा उतना सम्बन्ध नहीं, जितना सुषमा का। इसके ऐसा कर बैठने से हम लोगों को बहुत दुःख होगा, यह सही है, पर हमारी ज़िन्दगी पर उसका प्रभाव कुछ विशेष नहीं होगा। पर सुषमा की ज़िन्दगी तो बिलकुल ही नष्ट हो जायेगी। माँ पर किये गये अत्याचार का बदला लेने में यह स्वयं अपनी पत्नी की ज़िन्दगी नष्ट कर देगा। इसलिए उचित यही है कि विनोद अपना इरादा सुषमा के सामने पहले ही प्रकट कर दे और इस स्थिति के प्रकाश में वह अपना भविष्य निश्चित कर ले।"

माँ ने मेरी बात का समर्थन किया।

"क्यों विनोद? ठीक है न?" मैंने उससे पूछा।

"ठीक है, मैं किसी को धोखे में नहीं रखना चाहता। उसे सब स्पष्ट कर दूँगा।" उसने कहा।

वह थोड़ी देर बाद चला गया।

दूसरे दिन वह नहीं मिला। तीसरे दिन आया। चेहरा खुश्क; बाल सूखे, बेतरतीब; आँखें लाल–बड़ा बदहवास! रात्रि–जागरण किया था, ऐसा मालूम होता था। उसके मुख पर मानसिक त्रास की छाप स्पष्ट थी।

वह टूटा-सा कुर्सी पर बैठ गया।

मैंने माँ को आवाज़ दी। वे आकर बैठ गयीं। उसकी हालत देखकर वे भी चिन्तित हुईं।

उसने धीरे-धीरे कहना शुरू किया, "मुझे कुछ नहीं सूझता। मेरी बुद्धि बिलकुल काम नहीं कर रही है। मैं पागल हो जाऊँगा। मुझे कुछ समझ में नहीं आता।"

मैंने पूछा, "तू सुषमा से मिला था?"

"हाँ, मिला था, पर उसने तो मेरी उलझन और बढ़ा दी। वह बड़ी विचित्र है। मेरी बात *सुनकर वह बोली, "मैं आपको नहीं छोड़ सकती। और फिर आपको कुछ हो गया तो आपका अपराध मैं अपने ऊपर ओढ़ लूँगी। क्योंकि तुम्हारे न रहने पर तो मेरा जीवन मृत्यु से बदतर हो जायेगा।"*

सब कहने के बाद उसने पूछा, "अब बताइए मैं क्या करूँ। मैं तो कुछ सोच ही नहीं सकता।"

माँ ने कहा, "बड़ी महान लड़की है वह। तेरे हठ के लिए प्राण देने पर उतारू है। तेरा अब तक का जीवन और भविष्य का भयंकर विचार जानकर भी, वह अपनी जगह पर डटी है।"

वह बोला, "हाँ, यह तो मुझे मालूम है कि वह मुझसे बहुत बड़ी है। मैं बिल्कुल उसके योग्य नहीं हूँ।"

मैंने कहा, "उसने स्वयं तुझे राह बता दी है।"

वह चौंका। मेरी ओर ऐसे देखने लगा जैसे मैंने कोई बड़ी अनुचित बात कह दी हो।

बोला, "यह क्या कहते हैं, भाई साहब? मैं क्या यह बर्दास्त कर सकता हूँ कि वह मेरे कारण प्राण दे दे? मैं इतना स्वार्थी, नीच नहीं हूँ।"

माँ ने कहा, "तो फिर दूसरा रास्ता यह है कि तू उसे त्याग दे, फिर जैसा होगा वह भुगतेगी। तेरे लिए वह बलिदान करने को तैयार है। ऐसी लड़की का क्या होगा, कह नहीं सकते। फिर भी तू दूर हट जायेगा, तो वह जैसा ठीक समझेगी करेगी।"

वह काँप उठा–"नहीं-नहीं, माँ, उसे त्यागने की कल्पना भी मेरे लिए 'असह्य' है। मैं ऐसा नहीं कर सकता।"

मैंने कहा, "तेरे सामने दो मार्ग हैं। मैं स्पष्ट करके बतलाता हूँ। तू ख़ूब विचार करके अभी तय कर ले। अभी, आज ही तय करना होगा। यह बात अब आगे नहीं खींची जा सकती। तेरे पास एक छुरी है, जिसे तू कई वर्षों से पास रखे है, जिसे तू प्रिय संगिनी की तरह लिये फिरता है। और अब हाल ही में तुम्हें यह नारी प्राप्त हुई है जिसे तू प्राणों के समान प्रिय मानता है। तू उससे विलग होने की कल्पना भी नहीं करना चाहेगा। पर ये दोनों तुझे प्राप्त नहीं हो सकतीं। वह छुरी जिसे तू अपने पिता के कलेजे में भोंकना चाहता है, वास्तव में

उस नारी के कलेजे को बेधेगी। तू दोनों में से एक को चुन ले। तुझे क्या चाहिए? प्रतिशोध, जिसे तूने वर्षों से हृदय में पाला है; या प्रेम जो हाल ही प्राप्त हुआ है और जिसने तेरे तन-मन को घेर लिया है? घृणा या प्रणय? दोनों के लिए हृदय में स्थान नहीं हो सकता। एक को अंगीकार करने के लिए दूसरे का त्याग करना होगा। किसी और के लिए चाहे दोनों की स्थिति साथ-साथ सम्भव हो, पर तेरे सम्बन्धों की प्रवृत्ति भिन्न क़िस्म की है। तू निर्णय ले ले, तुझे क्या चाहिए? छुरी या सुषमा? अगर छुरी प्यारी है तो तू इसी वक़्त शहर छोड़कर चला जा और फिर कभी इधर मुँह मत करना। और अगर सुषमा तुझे चाहिए, तो वह छुरी जेब से दूर कर उसे त्याग। बिल्कुल स्पष्ट मार्ग है। अब तू तय कर ले।"

मैं चुप हो गया। उसके निर्णय की राह देखने लगा।

वह उठकर खिड़की के पास खड़ा हो गया। बाहर आसमान की ओर देखने लगा। उसकी पीठ हमारी ओर थी। पीछे बँधे हाथों की उँगलियों की तेज़ हलचल बताती थीं कि उसके मन में कितना तीव्र संघर्ष चल रहा है; सोचते-सोचते उसका सिर काँप उठता। वह घबड़ाकर हाथों से मुँह को ढाँक लेता।

बड़ी देर तक वह खड़ा रहा।

हम साँस रोके उसके मुड़ने की प्रतीक्षा कर रहे थे।

आख़िर उसने मुँह फेरा।

उसके मुँह पर स्थिरता थी, निश्चय की दृढ़ता थी।

टेबिल के पास वह खड़ा हो गया। बड़ी जमी हुई स्थिर वाणी में बोला, "मैंने निर्णय कर लिया है।"

"क्या?" माँ और मेरे मुँह से एक साथ ही निकला।

उसने कहा, "मैं इस छुरी का त्याग करता हूँ।"

उसने जेब से छुरी निकालकर टेबिल पर रख दी।

माँ ने कहा, "मुझे यही आशा थी, बेटा!"

मैंने उसे भुजाओं में भर लिया। कहा, "तुम वास्तव में बहादुर हो। सच्चे मनुष्य हो।"

उसके मुख पर शान्ति थी।

छुरी की ओर संकेत करके वह बोला, "इसे सँभालिए। मैं इसके भार से मुक्त हुआ।"

मैंने मज़ाक़ किया, "इस शस्त्र का समर्पण तो उसी योद्धा के सामने करना जिसने तुझे परास्त किया है?"

माँ हँस दी।

वह बोला, "याने कौन?"

मैंने कहा, "सुषमा!"

वह हँस पड़ा।